追光的孩子

NOWHERE BOY

[美] 凯瑟琳·马什 著 龚思齐 柳尧伊 译

KATHERINE MARSH

北京联合出版公司
Beijing United Publishing Co.,Ltd.

图书在版编目（C I P）数据

追光的孩子 / (美) 凯瑟琳·马什著；龚思齐，柳尧伊译. -- 北京：北京联合出版公司，2023.8
ISBN 978-7-5596-6923-0

Ⅰ. ①追… Ⅱ. ①凯… ②龚… ③柳… Ⅲ. ①儿童小说—长篇小说—美国—现代 Ⅳ. ① I712.84

中国国家版本馆 CIP 数据核字 (2023) 第 103894 号

北京市版权局著作权合同登记 图字：01-2023-1805

追光的孩子

作　　者：[美] 凯瑟琳·马什
译　　者：龚思齐　柳尧伊
出 品 人：赵红仕
责任编辑：夏应鹏
封面设计：吴黛君

北京联合出版公司出版
（北京市西城区德外大街83号楼9层 100088）
北京新华先锋出版科技有限公司发行
大厂回族自治县德诚印务有限公司印刷　新华书店经销
字数177千字　620毫米×889毫米　1/16　17印张
2023年8月第1版　2023年8月第1次印刷
ISBN 978-7-5596-6923-0
定价：59.00元

目　录

第二章　酒窖里的秘密

第三章　疯狂而伟大的冒险

第四章　接踵而至的意外

第五章　新的疯狂计划

第六章　穿透黑夜的曙光

序章

没有光的夜晚

经过谨慎的考虑，他们决定在 7 月出发。那是一个阴天的夜晚，天空中没有一丝光亮。蛇头[1]们信誓旦旦地承诺，在那样的天气下，希腊海岸的警卫队绝对发现不了他们。但现在看来，太过隐蔽反而成了大麻烦。茫茫的爱琴海上，充气橡皮艇只高出水面不到十厘米，吃水比刚下水时加深了好几厘米。视野范围内只有一片无边无际的大海，完全见不到陆地。船长始终在和那台毫无反应的发动机做斗争。另外十八个男人、三个女人和四个孩子正瑟瑟发抖地挤成一团，大部分人都穿着不合身的救生衣，会游泳的寥寥无几。

“如果发动机还是不能工作，我们就要被淹死了！”一个女人哀号起来。她的嗓音细若蚊蚋、充满恐慌，在海风中显得格外尖厉。没有人反对这句话。

艾哈迈德·纳赛尔怀抱着救生衣，对于这个十四岁的男孩来说，这个尺码显然太小了。他早已经和他的爸爸一般高了。他想起曾经听过的传闻，有些蛇头出售的是劣质救生衣，不仅无用，反倒会让人下沉得更快。

[1] 蛇头：组织非法偷渡、从中谋财的人。

一只手拍了拍他的肩膀："艾哈迈德，我的宝贝，别怕。"

艾哈迈德望着爸爸。爸爸的肩上挂着一个黑色的轮胎内胎，高大的身躯占据着小船的一角。他的脸上挂着笑容，仿佛笃定一定能渡过这次难关。然而，所有的一切都在对艾哈迈德发出无声的警告——小艇上汗流不止的同伴们散发出的恶臭体味、他们眼底无法掩饰的惊恐，以及翻滚着的汹涌波涛。

"那位女士说的是实话，"艾哈迈德低声说道，"汽艇还在泄气，如果发动机不能重启的话……"

"嘘——别担心……"爸爸打断了他的假设，声音严肃又温柔，像是在抚慰一个小孩。

艾哈迈德已经不小了，他很清楚这声音背后的无能为力。他脑海中浮现出妈妈、妹妹和外公的样子——他们临死前的感受和自己即将面对的，到底哪种更糟呢？爸爸曾肯定地说他们去世时都不曾经历痛苦。那当然了，他们死得那么快！

距离莱斯沃斯岛只剩不到十公里了。艾哈迈德极力寻找着来自岛屿或其他船只的灯光，但一无所获。欧洲在哪儿？世界上的其他地方又在哪儿？夜空、海水……眼前一片黑暗，甚至连一颗能提示方向的星星都看不见。他到底在哪里流浪？这么黑，他甚至都看不清那块曾属于爸爸的不锈钢手表！早些时候，爸爸把那块表戴在了艾哈迈德的手腕上。那是一块欧米茄海马表，是他的太爷爷留下的。

"爸爸，你知道，我不会游泳。"艾哈迈德嘀咕道。

"那又有什么关系？"爸爸回应道。

艾哈迈德的运动鞋已经被海水浸湿了。人们把行李扔出去，以减轻船的重量。那些包袱先是上下浮动，随后就漂走或下沉了。有几个人还在用塑料瓶把小船里的水舀出去，但似乎没什么用。坐在前面的女人哭了起来，艾哈迈德这才注意到，她怀中还有一个用背巾包着的婴儿。

“别哭了，”艾哈迈德的爸爸对她说，“船上的水已经够多了。”

这句玩笑让她哭得更厉害了。

“爸爸——”

“那位女士是对的，”爸爸再次打断他，“我们必须想办法让船继续航行。但你一定不会有事的，大家都不会有事的。”

爸爸瞥了一眼那个女人和她的孩子，又把目光转向了拥挤不堪的小船，视线掠过那些绝望的、被吓坏了的陌生人。他把轮胎从肩上拽下，圈住艾哈迈德的脑袋和身体。接着，他俯下身，在艾哈迈德耳边低声说：“原谅我，宝贝。我得离开一会儿。”

“离开？去哪儿？”

但爸爸已经转身走远了。

“爸爸——”

艾哈迈德伸手想抓住爸爸，但他的胳膊被轮胎压住了。等到他挣脱束缚时，爸爸早已不在船侧。他踉跄着向前走，试图抓住爸爸，但没能来得及。爸爸像鳝鱼一样滑入了墨色的海水中。过了好一会儿，他才划着水重新来到船的前面。

“你在干什么？”艾哈迈德在爸爸身后喊道。

“我们得把船拉动起来。”爸爸看向乘客们，像在寻找什么，“还有人会游泳吗？”

船上的乘客形形色色，来自不同的国家。艾哈迈德从人们面面相觑的无助眼神中找到了一个共同点——都不会游泳。接着，一个声音从他背后传来——“我会”。艾哈迈德转过身，只见一个瘦弱的男人脱下夹克和衬衫交给身旁的女人。女人将衣服叠得整整齐齐的，仿佛想借此表明对男人的厚望。一个小女孩坐在他们中间，身上套着半截救生衣。

“我也会。”船长说。因为发动机故障，他一直很内疚，但艾哈迈德不觉得这是他的错，他甚至根本就不是真正的船长，他只是一名在霍姆斯学习工程专业的学生，被蛇头从难民中挑选出来驾驶这艘橡皮艇。作为这份吃力不讨好的工作的报酬，他得到了一个椭圆形的橙色浮标。他把浮标抛到海里。

艾哈迈德想把轮胎还给爸爸，但被拒绝了，爸爸说会妨碍前行。会游泳的人都游到了船的前端，一名乘客负责用手电筒照亮海水，方便他们把船的拖绳缠在浮标上。然后，每人用一只手抓住绳子，用另一只手划水。艾哈迈德的爸爸游在最前面，另外两个人紧随其后。艾哈迈德听见了一阵巨大的声响。船在颠簸中猛地前进了一点儿，就像有只巨大的手推了它一下似的。

“感谢上帝！”乘客们不禁欢呼起来。坐在船中央的人们舀起底部的水，传给旁边的人倒入海中。在倒水的间隙，艾哈迈德的恐惧慢慢消减，取而代之的是爸爸作为领头人带来的骄傲。这让他回忆起很久以前的一个周末。

那时战争还未爆发，他和家人、朋友在城外野炊。夜幕降临后，爸爸领着他们跳舞，一圈人旋转出动人的舞姿，脚步跟随着鼓点的节奏踢踏着。那时的艾哈迈德可以漫无目的地眺望着布满星辰的夜空，任凭自己的双脚无拘无束地跳着，他知道自己亲爱的爸爸在身后照看着一切。

仅仅半小时后，他的回忆就被打断了。怒吼的狂风和汹涌的海浪摇晃着小船，人们都被推到了正在下沉的那一侧。艾哈迈德听见船底的水剧烈晃动的声音。他焦虑地盯着船头那束光，极力寻找爸爸和另外两个游泳的人。白色的浪花冲刷着他们的脑袋，船速也减缓了，但他们的手臂没有停止划动。

就在此时，一场暴雨倾泻下来。仅仅几秒钟，艾哈迈德就已经浑身湿透。他告诉自己，这样猛烈的夏雨不会持续太久。但暴雨激起了更加汹涌的海浪，将游泳的人和小船统统裹挟起来。小船颠簸得越来越厉害，海浪不断拉拽着绳子，所幸船没有翻。突然，侧面的海浪逼近过来。艾哈迈德的眼睛完全睁不开了。海浪把小船顶向一侧，就像一只大手把船放在手心掂量重量那样。艾哈迈德深吸一口气，盼望着小船能尽快落下。海浪过去，小船平稳下来了，但划水的勇士们不见了踪影。所有的游泳者都不见了。随后，海浪又把浮标从绳子当中扯了出去，消失在茫茫大海中。

一阵无声的躁动过后，人们大声喊起来，把手机、手电筒一齐照向水面。

“他们在哪儿？有人看见他们了吗？”

突然，船长发出声嘶力竭地嘶吼；接着，另一个男人也发出了一声粗喘作为回应，他的手中还握着绳子！但艾哈迈德的爸爸呢？

艾哈迈德穿过密集的雨点，似乎看到了爸爸的脑袋正在远处的海面上浮动。“爸爸！”他大喊着。可是没有任何回应。当他再次定睛细看时，只有一片无尽的海浪。

第一章

无处安身

马克斯：不太美好的新开始

“什么？！”

马克斯·霍华德差点儿没被华夫饼噎死。他有点儿后悔，刚才爸爸妈妈让他再来一块华夫饼，他应该考虑一下的。他们刚逛完格兰德广场。这是布鲁塞尔市中心的一个大广场，也是游客们十分中意的地方，人们都喜欢来这里欣赏华丽的镀金建筑。今天是他们来到比利时的第三天，妈妈想在那儿拍张全家福。马克斯知道，她一定会把照片发到社交媒体上，并配上土得掉渣的文字：我们在欧洲激动人心的一年开始啦！

马克斯是第一次来欧洲。这里的一切都令他感到陌生和恍惚。广场周围狭长的鹅卵石街道上店铺林立，有巧克力铺子、华夫饼店和纪念品商店，店里能买到啤酒杯、“撒尿小童”[1]钥匙扣。游客们说着不同的语言，在华夫饼店外的餐桌旁穿行。服务生把菜单翻到了晚餐的页面，但这里依旧喧闹得很，就像清晨一样。

尽管马斯克还没适应时差，但还是意识到刚刚父母说的事有点儿不对劲。“为什么我要去法语学校？不是和克莱尔一样

[1] 撒尿小童：布鲁塞尔的吉祥物，一个小男孩撒尿的雕像。

去说英语的学校吗？”他盯着姐姐面前的咖啡桌角说道。

克莱尔是不是已经知道这件事了？只见她甩了甩金色的长发，若无其事地给各种朋友发着短信。马克斯很愤怒，恨不得把她的手机抢过来，然后大声喊：“叛徒！”还在华盛顿的时候，姐姐会偷偷告诉马克斯父母的动向，甚至给他出主意逃避糟糕的成绩带来的惩罚。当得知爸爸将成为辩护顾问，全家要搬到布鲁塞尔时，姐姐比马克斯还要生气。才过多久，她竟然就不在乎了？

妈妈倚靠在马克斯身旁的椅子上。她身材矮小，骨瘦如柴，但还是让马克斯感受到了压迫。“克莱尔上高中了，她不能冒这样的险。”

“冒险”一词并不是吓唬马克斯的。他知道妈妈真正想说的是：“克莱尔将来会去哈佛或者耶鲁，你却连小升初都很难过关，真担心你得在地下室里过一辈子啊！”

他委屈地望向爸爸。爸爸正在喝一杯欧式咖啡，但晒得黝黑的脸庞、工装短裤和海军陆战队马拉松 T 恤衫都表明他是个地道的美国人。马克斯可没见这里有别人穿着短裤。

“爸爸？”

爸爸只是笑笑，好像知道马克斯想说什么，接着摇摇头：“这是个好主意呀！”

马克斯愤恨地盯着爸爸妈妈，如果克莱尔继续玩手机，他打算连她一起恨。“可是您知道的，我不会说法语啊。”

“你能学会的。”爸爸回答道。

“克兰茨小姐还夸你耳朵很灵呢。”妈妈补充道。

马克斯觉得如果克兰茨小姐的律师在，一定会站出来揭穿这个谎言。他几乎要脱口而出——“瞎说！”但这只是个冷笑话，他很沮丧，又无从反驳。

除了历史，马克斯没能通过任何一门功课的考试。父母特地雇了学习专家克兰茨小姐。她说马克斯需要掌握学习技巧、培养专注力，以及克服冲动。最后这一点，或许是因为那次自行车事故。一个讨厌的八年级学生骑走了马克斯的朋友凯文的自行车，马克斯在后面帮凯文追。本来没什么，但那个孩子骑着骑着失控了。马克斯抓住他的时候才发现，他的胳膊骨折了！那孩子的父母把这事怪到了马克斯头上。凯文的自行车也变形了，于是他又被凯文骂了一顿。但和眼前的困境相比，那场车祸根本不算什么。眼下，他被困在一个怪异的新世界——有吃马肉的外国人（妈妈在商店亲眼所见，肯定是真的），到处都是口齿模糊的说话声，他甚至被剥夺了在课堂上听着熟悉的语言打瞌睡的权利。对，还有朋友！在华盛顿，他至少有朋友，就像凯文和马利克，他们都喜欢角色扮演和漫画。但他现在都无法和别人聊天，还怎么交朋友呢？天气也在戏弄他！几分钟前还是晴空万里，现在却笼罩着一大片乌云。

“你每天可以多睡一会儿！学校就在这个拐角附近。克莱尔却必须早起去坐公交……”

马克斯知道妈妈是在对自己施压。她这是暴风雨前的宁静。

“他又不是十足的傻子。”克莱尔插话道。

如果姐姐没有强调“十足”，马克斯会以为她是在为自己打抱不平。

妈妈白了克莱尔一眼："说什么呢？"

"他知道这不只是什么所谓的冒险。我们都知道。"

"克莱尔——"爸爸发出警告。

马克斯把华夫饼扔掉："反正我不去。"

"孩子，你没得选。"妈妈的声音温柔却坚定。

"我怎么可能在法语学校从七年级顺利毕业呢？"

游客们望过来。马克斯这才意识到自己在叫喊。他讨厌这样，布鲁塞尔的每个人都像刚被吼过一样，冷酷而沉默地走来走去。就连小孩都很安静！

"我们走吧。"克莱尔低声说。

"闭嘴！"马克斯对她怒吼。

她终于把视线从手机挪到了马克斯脸上："你可不是去上七年级的。"

"什么？！"从父母紧张的神色中，马克斯立刻明白了姐姐没说错。

爸爸说道："如果你复读六年级，学法语就更容易了。"

天哪，这简直就是又一次暴击！

马克斯跳起来："你们瞒着我做了决定？"

"想想吧，等我们回到美国，你的法语得有多棒，"妈妈安抚道，"你会是班里法语说得最好的。"

最好的！就喜欢说"最好的"！家长似乎都只在意这个！

马克斯捡起被浸湿的半块华夫饼，越过妈妈，把它扔进了垃圾桶。

"马克斯！"妈妈在他身后喊。

马克斯没有理会，双手交叉放在胸前。一颗雨点落在脸上，他用手背擦了擦。完美。开始下雨了。他已经在布鲁塞尔待了七十二个小时，早就厌倦了这里的一切——小汽车、缭绕的香烟烟雾、修剪过的树木、卖薯条和烤肉的小吃店，以及总是太忙而拒绝提供任何服务的粗鲁服务生。他差点儿被一辆电车撞到，接着又踩到了狗粪。虽然布鲁塞尔有些地方就像想象中的童话世界——大大的窗户、花箱、尖尖的屋顶，以及满满的异国风情，但没有一种感觉像家。

马克斯沉浸在乡愁里。他只想要个汉堡，而不是被称为“美国菲力”的怪味生牛肉。或许凯文和马利克正在康涅狄格大道的餐厅里吃着油腻的食物，他却不能和他们坐在一起讨论最新的《复仇者联盟》、制订晚会计划。他想给他们发短信，但不好意思提父母让自己复读六年级的事。如果他们的年级不同，明年还能做朋友吗？他从未感到如此孤独。

马克斯顾自走了一会儿，不知道还能往哪儿走，只能静静地望着鹅卵石街道。一个戴头巾的女人拿着咖啡杯站在角落里，她的手上用英语和法语写着“饥饿”和“难民”。他不是很理解，但本能地想要帮助她，将身上仅有的五欧元给了她。要是刚刚没买那块华夫饼就好了，他想。

身后有脚步声。一只大手抚过马克斯的肩膀。他的爸爸并不高大，但在华盛顿多年的高尔夫运动和握手经验中，练就了强健的、令人安心的掌力。“我知道这有点儿强人所难。”

“您指什么？搬到比利时、去法语学校，还是复读六年级？”

“全部吧。”爸爸承认道，“但就像你妈妈说的，这是个机会。你会很轻松的，你只需要学法语。”

“只需要学法语，不用学别的课？真的吗？”

爸爸笑了。马克斯的怒气渐渐消散，他靠近爸爸一些。

“不管怎么说，你得先搞清楚四个句子。”

“现在就要学吗？”

“试试吧，你听着……”爸爸看了一眼周围，确定没人会听见，然后用法语低声说，“洗手间在哪儿？”

马克斯模仿着爸爸的语音语调，也用法语说道：“洗手间在哪儿？”然后用英语问道，“爸爸，你是认真的吗？”

爸爸撩了撩马克斯卷曲的棕发：“瞧，你已经学会一句了。”

艾哈迈德：帐篷生活

“他们要求我们回去。”易卜拉欣·马拉基无奈地说道。

艾哈迈德听着他说话，尽量避免和他进行眼神交流，以掩饰自己听到这个坏消息时的绝望。对艾哈迈德而言，易卜拉欣早就不是陌生人了。他是爸爸的朋友，他和爸爸建立友谊的过程大概没超过一分钟——两人一同下水后相互发誓：“如果我出事了，请照顾好我的家人！”

如今，他们已经在布鲁塞尔市中心的马克西米利安公园住了一个月的帐篷。易卜拉欣解释说，比利时的外国人办事处拒绝提供难民证明。

艾哈迈德和易卜拉欣一家的帐篷淹没在海洋一般的帐篷堆中，难民们只有去街对面的外国人办事处登记，才有资格申请住房。但整个夏天，办事处都挤满了人。大家不得不等上几天，甚至几个星期。没办法，他们只能睡在公园的红十字会营地里。艾哈迈德喜欢那些志愿者，因为他们几乎带来了所有能带的物资，从衣服、毯子、热乎的饭菜到婴儿尿布。他们甚至建了一所小小的学校！艾哈迈德和易卜拉欣四岁的女儿班纳一起在那儿上课，还学了些简单的法语。

最近，内政部宣布将撤掉这个营地。夏天快要结束了，艾哈迈德知道他们要面临的不只是天气变化那么简单。木箱被当作桌椅使用，树木之间的绳子上晾着衣服，急救帐篷上印着巨大的红色十字，捐来的衣服摞在一起……与这一切形成鲜明对比的，是公园周围满是反光玻璃的政府大楼。这可是在一个国家首都的中心地带，政府实在没有理由让这样一个“帐篷城”继续存在。

易卜拉欣提出了申诉，他的妻子扎伊纳布建议先搬去附近的亲戚那里。

“作为一个没有监护人的未成年人，你得听从州政府的安排。”她温柔地对艾哈迈德说。

艾哈迈德绷紧了神经。自从被希腊海岸警卫队救下并带到莱斯沃斯岛上后，他就没说过几句话。此刻，他感到更加恐惧。

“就我一个人吗？”

在欧洲流浪的难民儿童成千上万。他在途中也遇到过，听他们讲述哪些蛇头可信、哪些路线安全。这些难民当中，有的和他一样是孤儿，有的则是寄托着家人希望的探路者，还有的在路上和家人失散了。艾哈迈德曾以为自己在比利时能和易卜拉欣生活在一起，至少能到高中毕业，没想到他们一家人不被允许留在这儿。

“没有我们，你会过得更好，”易卜拉欣安抚道，“你来自叙利亚，而不是伊拉克……”

可艾哈迈德不想留在比利时！他对这个国家几乎一无所知。爸爸原本计划去英国或加拿大，至少他们会说那些地方的通用语言。最后，艾哈迈德却跟着易卜拉欣来了比利时。

“可我能去哪儿呢？”

“有个接待中心专门收留孤儿，至少你可以住在房子里……”

艾哈迈德的眉毛蹙成一团。他以前在希腊和匈牙利的接待中心待过，那地方像棚栏。难民们挤成一堆，吃过期的食物，听不耐烦的警卫大喊大叫。他发过誓再也不去那些地方了。他已经听够了接待中心那些男孩的对话：打架、噩梦、反抗家长、奇怪的食物、医学考试，或是语言课。他们得花上好几个月，才能给他安排好去处。或许几个月后，一个陌生人会成为他的监护人。问题是，他有多少机会去另一个家庭呢？虽然许多比利时人给难民们捐了食物和衣服，但收养一个十几岁的孩子完全是另一回事。

易卜拉欣鼓励道：“明天我们一起去孤儿接待中心登记吧。”

“别担心，艾哈迈德，”扎伊纳布说，“我们可以保持联系。

如果有什么困难，我们会帮忙的！”

艾哈迈德很清楚，他不太可能从他们那里得到帮助。一旦他在比利时登记，就没有资格在英国或是其他任何地方避难了！这是庇护规则。他要被永远困在比利时了。

一股更可怕的恐惧气息攫住了他。如果政府不相信他是叙利亚人呢？唯一能证明他是叙利亚人的只是一本伪造的护照。那是他和爸爸逃离故乡后，爸爸在土耳其的黑市上买的。他们的真护照在某个可怕的日子里被毁了。

噢，还有年龄！他才刚满十四岁，但大家都认为他要更大些。警察可能不会觉得他是个男孩，而是个年轻男人，一个潜藏的恐怖分子。他甚至在许多欧洲人眼中看到了隐隐的害怕。要是被送回土耳其，这条艰辛的求生之路算是白走了，爸爸也白死了。

艾哈迈德曾想象过在英国的生活——在学校里，用蹩脚的英语与同学们交流；去足球俱乐部踢球，一边吃着炸鱼薯条，一边关注着曼联队的大卫·德·盖亚的精彩进球。他仿佛听见命运告诉自己，即使爸爸不在了，也不要放弃去英国。他想起了从营地听到一个小道消息：法国北部海岸有个城市叫加来，那里有一个叫“丛林”的大型营地，难民们在那儿寻找机会乘坐火车或汽车穿越海底隧道；总有些蛇头在公园附近晃悠，怂恿人们搭乘去英国的便车。

是去加来碰碰运气呢，还是留在比利时的孤儿接待中心呢？留给他做决定的时间不到四十八小时了，这会影响他的一生。他细细抚摩着表盘，想知道爸爸希望他怎么做，但这位“海马先生”没能给他答案。他挠了挠班纳，小女孩“咯咯”的笑声打断了他的愁绪。

“只要希望之光不灭，生活就能继续。”

马克斯：“悲惨学校”

2015 年 9 月 1 日的清晨，马克斯不情愿地和父母道了别，融入了穿着海军蓝校服的人群中，开始了前往“幸福学校”的旅程。他一直不敢相信新学校居然真的叫“幸福学校”，简直是个天大的笑话！

马克斯深吸一口气，搓了搓手掌。他告诉自己，再有七个小时，这一天就结束了。六年级在比利时属于小学，他明明已经读完了，现在却要复读一年。昨晚和好朋友凯文、马利克聊天时，他故意避开了这个尴尬的话题。好在朋友们只顾着与他分享编程经历，以及在马利克家里举办的“世纪水枪大战”。

马克斯出了车库，走过一条石子路，到了学校。孩子们吵吵嚷嚷地交谈着、大叫着。这种典型的校园风景既熟悉又陌生。在各种各样的话题中，一个词引起了马克斯的注意——布谷！这大概表示打招呼或“夏天”。眼下的天气凉爽多云，夏天已经很遥远了。马克斯听不太懂这里的人说的话。自从来到布鲁塞尔，他常常感觉自己身处虚无的梦中。有时，他会闭上眼睛，期盼着醒来时已经回到华盛顿的家的床上。

马克斯环顾四周，寻找着 6B 班。但孩子们像接收了命令似的，一齐拥入柏油铺就的校园，不停地跑来跑去、拥抱彼此，有的还把书包扔到地上开始踢足球。马克斯什么也看不清，好不容易才找到那个写着“6B”的纸牌，它就藏在罗格朗夫人的脑袋上方。这是一位身材高大、不苟言笑的金发女士。

“马克斯·奇怪。”她转过身喊道。

马克斯起初以为罗格朗夫人在说自己很奇怪，后来才明白她只是在用浓重的法国口音喊自己的名字。他忍不住咧嘴笑了。而罗格朗夫人正面无表情地审视着他，等待着他的答复。

“在。”他习惯性地用英语回答道，又觉得哪里不对，“在。”这次他换成了法语。

一个戴着厚眼镜的长发女孩站在老师面前，她恭敬地站着，紧咬嘴唇，凝视着地板。

“在，夫人。”罗格朗夫人着重强调了“夫人”二字。

“在，夫人。”马克斯重复道。

罗格朗夫人紧紧地抿着嘴，仿佛在思考“夫人”这一称谓究竟合不合适。这时，铃声突然响起，帮他打破了眼前尴尬的局面。罗格朗夫人挥手让他进入队列，带领大家走进教室。

一个小时很快就会过去的。大家把学习用品堆到桌上，根本没有学习的意思。对于大部分东西，马克斯都不太认识，也不知道该怎么摆放。巧的是，他坐在那个戴眼镜的、名叫法拉的长发女生后面，于是学着她的样子摆放起来。

教室又小又旧，几排空着的桌子被当作储物柜来使用。这里没有智能黑板、电脑，只有老式黑板和粉笔。他甚至得自己把墨水注入钢笔！这让他觉得他不只是到了另一个国家，而且还回到了上一个世纪。

一切就绪后，罗格朗夫人在黑板上写下几行字。大家在笔记本上抄写起来，二十九支钢笔就像在跳舞一样动了起来。马克斯也开始抄写，但他的钢笔不出墨水，本子上只留下了笔尖划过的印记。马克斯环顾四周，大家都在专心书写。他只好拧开钢笔，取出墨盒。是自己装错了吗？

马克斯感觉到身后有动静。他转过身去，只见一个胖胖的的男孩正盯着他的钢笔。男孩拧开自己的笔，像个哑剧演员那样用笔尖戳了一下顶部的墨盒。

马克斯立刻明白了，对男孩做出了“谢谢”的口型。男孩扑哧一笑。马克斯转过头，重新调整了钢笔。当他再次把笔尖放在纸上时，笔记本上果然出现了令人欣慰的蓝色墨迹。紧接着，大量墨水从本子上流到了他的手上。他身后那个男孩发出了得意的嘘声，嘲笑着马克斯的丑态。

可怜的马克斯都没空瞪他，因为墨水洒得到处都是。他用蓝色牛津衬衫擦拭着脏手，弄得衣服上污渍点点。他又立马把手指按在纸上，想擦干净手上的墨水，却只在纸上留下了墨色的指纹。一切都晚了，墨水已经渗进了他的指甲缝里。

马克斯举起了手。但罗格朗夫人还在黑板上写着句子，没有看他。马克斯的眼泪流了下来，他抬手去擦，又把墨水弄到了脸上。所幸，他知道该怎么说。

“打扰一下！”

罗格朗夫人转过身来。

“卫生间在哪儿？”他又想起什么，补充道，“夫人。”

对这个问题，罗格朗夫人说了很多话，而不是简单的“先左拐，然后右拐”，可惜马克斯一句也听不懂。他只好又重复了刚才的问题：“卫生间在哪儿？”

那个胖小子笑得更厉害了，马克斯恨不得转身踢他一脚。

罗格朗夫人长叹一口气，纠正道：“你应该说：‘请问厕所在哪儿？’”接着，她用带有浓重口音但仍然完美的英语说，“在大厅尽头。”听她说英语，马克斯更难受了，感觉自己就是个蠢蛋！

午餐简直完美！马克斯领到了一份神秘的汤，以及香肠、土豆和一些紫色的东西。味道不错，比看起来还要好吃。可就在他打算好好享用时，铃声又响了。

马克斯喜欢初中的最大原因是没有午间课，那样他就有更多的自由时间。他可以和凯文、马利克一起玩“圣符国度”（一种桌游）。可现在，他又得上午间课了。整整一个小时啊！

他一边追忆着往事，一边走进雨中。在华盛顿，如果遇到雨天，午间课就会从户外挪到室内玩游戏、看电影。但幸福学校的午间课却完全不受坏天气的影响！

孩子们待在松软的运动场上。马克斯透过栅栏和围墙能看到自家租住的房子后院。他的卧室在三楼，距离这里还不到五十码，却让他感觉遥不可及，正如他在美国的家一般。男孩们开始踢足球，商量每个人的位置。另一些人则抱着友善的态度，好奇地围住了马克斯。

“你会说英语吗？”一个同班的红发男孩问。

听到母语，马克斯备感亲切。

“是的！”马克斯笑了，用英语回答道，“你也会吗？”

男孩立刻喜笑颜开，“你会说英语吗？”他重复道。

马克斯点点头：“是的，我会。”

话音未落，红发男孩大笑起来。

“可口可乐！”周围的男孩叫喊道。

“别说话，跟我跳舞！这个女孩就是我的生命！”红发男孩一边哼唱，一边扭着屁股。

马克斯知道这是月球漫步乐团的合唱歌曲。这首歌陪伴了他整个夏天。他有些沮丧，也终于明白了，他只会用英语说“你会说英语吗”“可口可乐”以及一些歌词。这是他们对待外来者的方式。“伙计们，你们可真了不起！”他接住话茬，“你们的英语很棒。”

男孩们欢呼雀跃地击起掌来。马克斯抓住这个机会，溜去踢足球了，不过也只是在边线跑来跑去而已。有些孩子球技很好，马克斯原本以为他们不会传球给自己的，但还是有人把球传给了他。马克斯想接住，但脚在潮湿的泡沫地板上打滑了。球出界了！他有些懊恼，这种事可不常发生，而且那个出坏主意的胖小子正用挑衅的眼神盯着自己呢。

“奥斯卡！”有人高呼。

球被抛回场上了，胖小子朝着球的方向追去，还撞倒了一个瘦小的防守队员。他的大脚向后倒扣，不遗余力地进攻。球冲向球门，又从门框上弹了回来。马克斯还没来得及躲开，脸就被球击中了。他立刻摔倒在地，躺了好几秒才逐渐恢复意识。

雨点拍打着他的身体，眼前人头攒动。

“怎么样？还好吗？”孩子们关切地询问道。

他被扶了起来。眼睛周围疼痛不已，耳畔是叽叽喳喳的议论声。不一会儿，一个大人的呵斥声传来，孩子们四散跑开。法拉留了下来，小心翼翼地搀扶着马克斯的胳膊，一齐来到校长办公室。尽管马克斯是受害者，但他仍然担心自己“摊上事了”。不过他没有见到校长，而是被交给了校秘书。校秘书让他待在办公室外一个铺着毯子的角落里。她叮叮当当地敲打着冰块，做了一个冰袋。这里连医务室都没有吗？马克斯有些惊讶。他能感觉到眼睛周围的皮肤正在变紧——肯定有只眼睛变黑了……他感到鼻子发酸。好吧，至少不用待在雨里了。

百感交集之际，他为新学校想出了一个贴切的新名字：悲惨学校！

艾哈迈德：新的安身处

9月1日的晚上，气温骤降，夏天就要结束了。现在到了夜间，艾哈迈德只能和身边的人挤在一处取暖。尽管志愿者们在帐篷里搭了蓝色的塑料防水布，雨水还是渗了进来，弄湿了被子和地面。

爸爸给他的那块手表的银色指针指向了零点。易卜拉欣鼾声如雷，班纳也小声说着梦话。艾哈迈德不由得把班纳拉近了些。接着他把手伸进鞋里，检查了一下里面的那三百欧元还在不在。他轻轻地吻了班纳的脸颊，就像从前吻他最小的妹妹那样。班纳没有醒，脸上却浮现出了一丝甜甜的笑意。艾哈迈德草草地给易卜拉欣写了张便条，感谢他信守誓言，并承诺一抵达加来就联系他。接着他咽了咽口水，爬出帐篷。一阵寒风夹杂着雨水刮了过来。

路面十分泥泞，他的袜子已经被水浸湿，鞋底也开胶了。好在没人看见他离开公园，也没人看见他跑去敲打面包车的车窗。驾驶室里，一个胡子拉碴、喉结突出的男人转过身来挥挥手。艾哈迈德拉开车门。浓烈的烟味随着激昂的电子音乐飘了出来。

“艾哈迈德！”那人亲切地打着招呼，好像遇见了老朋友一样。

他是个蛇头，名叫埃米尔。艾哈迈德并不知道他姓什么，只知道他会说英语，而且能开车送他去加来。

“你有钱吗？”埃米尔问道。

艾哈迈德把三百欧元递给他。

埃米尔数了数，统统塞进了口袋。

“挺好，坐后面吧。”埃米尔把车门关好。

面包车里散发着令人窒息的气味，就像置身于香烟和烂菜叶堆里。无论如何，这段旅程开始了！门“咔嗒”一声锁上了，埃米尔先把车开到路边。直到看不见公园的影子，艾哈迈德才松了口气。

“对了……把你的手机给我。”埃米尔在后视镜里对他一笑。

艾哈迈德看着镜子里的埃米尔，心中有些迟疑。手机是他用来上网、联络他人的唯一途径。最重要的是，这个手机里有家人的照片。

“别担心，艾哈迈德！到了地方我就会还给你的，只是在车里你不能用。”

艾哈迈德犹豫了，开始回忆是否听过蛇头骗取手机的故事。突然，车猛地停了下来，埃米尔不耐烦地转身望向他。

“听着！艾哈迈德，我们必须互相信任，我也是冒了很大风险的！”

埃米尔瞥了一眼车门，好像在示意艾哈迈德下车，因为他觉得艾哈迈德不值得他冒险。艾哈迈德只得把手机塞给他道：“好！”

埃米尔把手机装进口袋，默默把车开回车道。艾哈迈德将脸贴在车窗上。向外看去，即使在白天，那些高悬半空的摩天大楼也都是黑漆漆的，十分荒凉。从德国坐火车来布鲁塞尔以后，他只去过公园和几个街区外面的火车站，那里既肮脏又拥挤。电车线如同一根根蜘蛛丝，在街道上纵横交错，织成一张巨大的网。车站附近的区域都被狭窄、蜿蜒的街道挤占了。街上有些商店在一楼，门都被金属栅栏挡住了。能够体现生活气息的，只有几个在电车线边抽烟的男人，以及夜间商铺的霓虹灯招牌。

十分钟后，埃米尔重重地拍打了一下收音机按钮，切断了女歌手撕心裂肺的吼叫声。尽管艾哈迈德不太爱听音乐，但他现在特别希望音乐能重新响起。否则，车里就只剩下雨刷的沙沙声和埃米尔抖落烟灰的声音了，这让他感到恐慌。突然，艾哈迈德再次在镜子里看向埃米尔，但这次他不再微笑了。

“我觉得三百不够。”埃米尔冷冰冰地说。

艾哈迈德的身体发僵了：“但你之前说够……”

“那只是油费而已……”

艾哈迈德望向窗外，分辨不出这儿是哪里。他告诉自己要保持冷静，蛇头总是把话说得很夸张。

“可我只有这些钱了。”艾哈迈德试着控制自己的声音。

埃米尔在红灯前停下车，把头转向他。艾哈迈德看到埃米尔在上下打量他。

“手表不错嘛！”埃米尔说道。

艾哈迈德护住了“海马先生”，想把它从埃米尔贪婪的眼神当中解救出来。

“不行——！”

“闭嘴！”

绿灯亮了，埃米尔狂踩油门。艾哈迈德被弹回了座位上。

“让我出去！”艾哈迈德哭喊着冲向车门，但门上锁了。

“坐下！你还欠我的呢！”

艾哈迈德跳到副驾驶的座位上，只有这条路可逃了。埃米尔猛地刹住车，伸手抓住了他的衣袖。艾哈迈德拼命推开门，飞速跳了下去。从车里滚出来的时候，他听见了衣袖撕裂的声音。尽管膝盖和胳膊肘重重地砸在了马路上，可他几乎没感觉到疼。他觉得埃米尔或许会开车撞向他，然后把表抢走。他会在倾盆大雨中死去。

“救命！”他用英语呼救。

无人应答。

他慌不择路地拐进一条僻静的街道。眼前是一幢公寓，他就站在这栋大房子的铁门前，刚好有扇门是开着的，他立刻就跑了进去。绕过房子跑到后院的时候，还差点儿撞到一堵砖墙。

艾哈迈德浑身都湿透了。他喘着粗气，咳嗽不已。但他仍吃力地跳起来翻过围墙，狼狈地倒在了墙的另一侧，双手还抓着灌木丛里的树枝。尽管在滂沱大雨中，他仍能看到院子乱糟糟的。常春藤爬满了墙壁，杂草在一棵小果树旁蔓延。房子里面是暗的，没有一丝灯光。艾哈迈德走过斑驳的草地到了屋后，发现了一个凹进去的水泥天井。

他颤抖地看着墙壁，警惕着蛇头的追捕，但没有人追来。他热泪盈眶，因为至少他还能感觉到手表带给他的温暖和沉重，以及指针的嘀嗒声。艾哈迈德屏住呼吸，卷起湿透了的衣袖，细心地查看手表是否损坏。所幸它毫发无损。但胳膊肘就没那么幸运了，在月光下，刚刚磕上水泥地所造成的擦伤清晰可见。渐渐地，他还感受到了其他部位的痛感。吞了吞口水，喉咙里也又涩又疼。他想喝水！

后院有扇通向某间屋子的玻璃门。艾哈迈德想看看里面，但他的视线被窗帘挡住了。他转动门把，轻轻推了一下。原以为门是锁着的，没想到居然开了！他先谨慎地伸进头去，环顾了一下四周。房间里装满了大大小小的自行车、头盔、滑板和滑雪板，显然这里是这家人的地下储物间。他这才小心翼翼地脱掉鞋袜溜了进去，关上身后的门。

当他走到储物间的尽头时，幸运女神再一次眷顾了他。储物间外面就是个卫生间！艾哈迈德蹑手蹑脚地走进去，拧开水龙头，捧着水大口喝起来。尽管他的喉咙依旧干哑，但已经好多了。就在这时，他的身后出现了一个白色的身影。艾哈迈德大惊失色，转过头一看才发现，原来只是一只白猫。过了一会儿，白猫又跑进了隔壁房间。他的心怦怦直跳，惊魂未定，但还是跟着猫进了隔壁。那是个洗衣房，洗衣机和烘干机旁边堆着一堆脏衣服。如果能洗洗身上湿透的衣服，那就再好不过了！

他继续踮着脚往里走，里面是一间杂乱的屋子。屋子里面到处是椅子、床垫、卷起的地毯和各式家具。他从这间屋子溜了出来，又闯进了一条低矮的走廊。走廊上崭新的硬包装盒摞得高高的。这家人应该搬来没多久吧？艾哈迈德心想。他小心翼翼地挤进这些箱子中间，缓缓地把障碍物移开往前走。本以为会撞上走廊尽头的墙壁，却意外地发现了一扇小门。门上面还插着钥匙！

艾哈迈德转动钥匙打开门，一股潮湿的气味扑面而来。他走下两层坑坑洼洼的窄楼梯，一直来到地下室的第二层。右边是一个空房间。艾哈迈德摸着粗糙潮湿的墙壁，用手在墙上探路。穿过房间的时候，他还差点儿撞到一道低矮的拱门。他小心摸索着，但还是撞破了窗帘上薄薄的蜘蛛网，直到走进第三个房间。尽管里面依然潮湿，但相较前两个还是稍稍干燥一些。房间里有一个高高的长方形窗户，从里面射进一小束光。这足以让艾哈迈德看见墙上的开关。他按下开关，灯光亮了起来。

这看起来是一个酒窖，因为墙上都是隔板搭成的格子，但里面什么也没有。房间里空荡荡的，只有纵横交错的蜘蛛网。显然，已经有几周甚至几个月都没人来过这里了。

艾哈迈德想住在这里，但他很快否定了这个主意。会被人发现的！他会因为私闯民宅被捕。可他一时半会儿也不知道还能怎么办。钱、手机……他什么也没有了。只剩一张假护照和一块手表，他连买张车票回那个公园的钱都没有！他一吞咽还是能感觉到喉咙肿痛。至少在外面的卫生间里有水喝，有可以藏身的杂物堆，墙上的小窗户下面还有个壁龛，如果有人来了，那儿足够他藏起来了。

先在这儿待一两个晚上吧。

艾哈迈德轻手轻脚地原路返回，走进洗衣房，在成堆的衣服里找出一条毛巾，擦干了身上的水，又找了条毯子以便休息时用。随后，他再次踏进走廊，关上了身后的门。他膝盖酸痛，不停地颤抖。他摇摇晃晃地回到酒窖，脱去湿漉漉的裤子和撕裂的连帽衫，立刻瘫倒在了毯子上。

马克斯：方丹警官的拜访

“你又忘记写名字了！”波林夫人厉声说道，“这样老师怎么知道这是你的卷子呢？”

“从糟糕的笔迹来判断不就好了。”

“马克斯！”

“悲惨学校”或许没那么糟糕，至少马斯克能在放学后吃上椒盐脆饼、玩《我的世界》[1]。问题是佛兰德太太，或者说波林夫人出现了。她是妈妈请来的，在父母下班回家前，马斯克就由她照看。她精通法语、荷兰语和英语，不管说什么，都夹杂着三种语言，搞得马斯克几乎要崩溃了。马克斯可忙了，大部分时间是用来听写法语，可每周的拼写考试成绩毫无提升，因为法语中发音相同的单词，拼写却不一定相同。马克斯开始在卷子上写名字，但就在快写完的时候，门铃突然响了。这个小意外害得他抖了一下手，毁掉了最后一笔，而这最后一笔正好是最难写的字母！幸亏可以重写！

“擦掉。”波林夫人发出指令，然后递给他一支墨水擦除笔。她的动作干净利落，就像护士准备手术刀那样。要不是能擦擦写写，马克斯几乎没法写出一个完整的句子。接着，波林夫人起身去看是谁来了。

马克斯写完名字，开始订正试卷，可本子被尖锐的钢笔划破了。他有些懊恼，本该用另一端的绒头笔来写的。他把卷子揉成一团扔到地板上，又得重新写了。不过在那之前，他先溜进了门厅，想看看来访的是谁。

波林夫人正在跟一个男人交谈。那人看起来和马克斯的爸爸年纪相仿，穿着深蓝色的制服，戴着配套的帽子，腰上还别着一把枪；夹克上的“警察”字样格外显眼。

马克斯惊呆了，为什么警察会来自己家？难道爸爸妈妈或

[1] 一款电脑游戏。

者克莱尔出事了？他脑海里闪过一些毛骨悚然的画面——车祸、心脏病发、大型枪击案……虽然他们来比利时后没遇到过什么危险，但父母总是在唠叨放学后的安全问题。波林夫人淡定地跟警察说着什么，脸上还带着难得一见的笑容。一定是家人违反了某些奇怪又愚蠢的规定，比如搞错了分类垃圾袋的颜色……

警察走进门厅，摘下帽子。他的头顶秃了，剩下的头发紧贴着头皮。他抬头望着马克斯家中世纪风格的青铜灯笼，露出了欣赏的神色。他眨了一下眼睛，发现了马克斯。“你是霍华德家的吗？”他问道。

马克斯犹豫地点点头。他们都被指控犯罪了吗？

“你更习惯说英语吧？”

“是的，长官。”马克斯回答。他从没喊过任何人“长官”，因为他家从没出现过警察。

“我叫方丹，来这儿调查一下人口。”

听起来不像是惨案。马克斯望向波林夫人。

“他来核实一下谁住在这里，”波林夫人解释道，“你得去公社办身份证。”

“噢。”马克斯悬着的心终于落了下来，“可现在家里只有我一个人。”

方丹警官忍俊不禁，“那我就跟你谈谈吧！”他回头翻看便笺簿，“你就是马克斯·霍华德吧？”

“是的。”

“你的父母是迈克尔·霍华德和伊丽莎白·霍华德？”

“是的。”

“你的姐姐是克莱尔·霍华德？”

“是的。”

正当马克斯以为他要问出“你的猫是泰迪·罗斯福？”的时候，他换了话题，“这儿没有其他人住吧？”

马克斯摇摇头：“没有。”

方丹警官的表情严肃起来：“我们必须确保这里没有非法移民。对于布鲁塞尔而言，这是危机。”

“遍及欧洲！”波林夫人补充道，“那些人正在不断涌来！”

马克斯有点儿反感波林夫人谈及“那些人”的方式。妈妈早上把他送到“悲惨学校”时，总会和其他同学的妈妈聊一会儿。她们和妈妈一样，都穿着正装和高跟鞋。妈妈也会向那些戴着头巾、裹起全身的妈妈微笑。法拉的妈妈就是其中之一。法拉是班里比较友好的一位同学，当马克斯不知道该看哪页书，或是该把盘子放在哪里的时候，法拉总会热心地帮助他。

“什么人？”马克斯问。

“一些难民。”波林夫人比画着手指给出了答案，“你没看新闻吗？他们闯进了欧洲，却无法融入这里。”

“如果来到我们的国家，就必须遵循我们的生活方式，遵守我们的法律。”方丹警官说道。

波林夫人使劲儿点头：“完全正确！”

尽管马克斯知道他们指的是某些难民，但这个警告同样适用于他。他也来自另一个国度，不习惯这里的生活。他希望调查快点儿结束，方丹警官快点儿离开。

但波林夫人的话匣子才刚刚打开：“他们来之前，欧洲还很安全呢！”

方丹警官说：“必须保持警惕。”他环视餐厅。他不会以为那儿藏着恐怖分子吧？他的目光扫过木质镶板和水晶吊灯，接着，他来到客厅，透过巨大的窗户望向外面的花园。最后，他又走进餐厅，好像在找只有他能看见的东西。

这时，受惊的泰迪·罗斯福从桌子一角纵身跃出，白色的身影飞入了客厅。

“哟，看来你有发现了！”马克斯本想这么开个玩笑，但他知道，方丹警官不会喜欢的。于是，他解释道：“那是我的猫。”

方丹警官挺喜欢这只宠物，还伸出手想摸它，但猫已经走上了通往地下室的楼梯。方丹警官哑然失笑：“我的爷爷亨利·方丹以前住在这儿。我最好的朋友乔治住在隔壁，还有我另一个朋友雨果就住这后面。”

在那一刻，马克斯理解了方丹警官的心情。那和他仍觉得“华盛顿的家才是家”是一样的心情，哪怕那个家已经有别人住了。

“现在人们都不建这种房子了。”波林夫人感慨道。

“是啊，”方丹警官表示赞同，“维护费用太高了。我的爷爷去世后，我的爸爸把它卖了，现在的主人又把它租给了外国人。”他朝马克斯笑笑，然后走到客厅的窗户边，望着外面的花园。那里无人看管，杂草丛生，只有常春藤、玫瑰花和杜鹃花而已。和这栋老房子比起来，马克斯更喜欢花园。方丹警官自言自语道：“花园需要修整一下。”

马克斯不禁想道：房子的主人还在这儿呢！

“我会告诉他父母的。”波林夫人说道。

方丹警官沉浸在回忆当中：“以前，我和乔治、雨果都是‘斯库特’。”

“‘斯库特’就是比利时的童子军[1]。”波林夫人解释给马克斯听。

“神奇的队伍啊！”方丹警官发出赞叹，“你肯定知道丁丁吧？”

马克斯点点头。丁丁和施通福是比利时对世界文化贡献的总和。在他们搬家之前，爸爸给过他几本关于比利时男孩的漫画。

“埃尔热——就是那个画他们的人，他曾是个‘斯库特’，这段经历给了他充分的自信。”

“自信。”波林夫人帮马克斯翻译成英语。

“马克斯，你应该加入的。”

马克斯微微一笑。他曾经在美国的童子军待过几个月。但一想到要说大量法语，要弄清楚应该做些什么，还要在雨中进行野外定向……童子军对他的吸引力顿时就变成了零！

“这对他来说倒是件好事。”波林夫人很同意，“我会向他父母提建议的。”

“有任何问题都请联系我。对我来说，艾伯特·饶纳尔街

[1] 最早产生于英国，由退休将军罗伯特·贝登堡爵士于1907年创建，初衷是帮助青少年远离烟酒，振奋精神、强壮体魄。童子军活动在全世界200多个国家和地区开展，注重培养孩子的“实践能力、法制观念、团队精神、责任意识”。

是条很特殊的街道。我很关心这栋房子！”方丹警官说着，笑眯眯地递给马克斯一张卡片，上面有他的名字和警察局的电话。

“谢谢您，长官。”马克斯致谢。他觉得方丹警官对保护他们一家并不感兴趣。他更想干涉他们，尤其是马克斯。

这位警官向门外走去时十分依依不舍。途中，他还捡起地板上皱巴巴的纸团，把它扔回了桌上。

艾哈迈德：枯萎的兰花

艾哈迈德本来只打算在酒窖里待一两天，但第二天早上，他发起烧来，喉咙痛得几乎无法吞咽。几天来，他浑身发抖、汗流浃背地蜷缩在单薄的毯子里睡觉。从他头顶的某处传来交谈声，就像梦境中的低吟。一开始，他以为自己出现了幻听，后来才确定他们真的是在说英语！但听不出口音。是加拿大人、英国人还是美国人？声音很小，他听不清内容。尽管如此，他还是可以听到这家人一天的生活——妈妈的呼喊和匆忙的脚步声、开门和关门声、盘子发出的“咔嗒”声。这让他感到十分开心，艾哈迈德闭上眼睛，就像回到了从前的家。直到深夜，整栋房子都安静下来了，他才敢偷偷溜到卫生间里，把塑料杯装满水，清空装小便的水桶。

一天夜里，他持续发热，头脑眩晕。他想看看外面的街道，家具室高挂着的红色窗帘遮住了窗户。他把窗帘拉到一边，意外发现了几盆兰花。它们的叶子和银灰色的根都枯萎了。艾哈迈德戳了戳盆栽里已经干了的枝干，同情地望着它们。他病得太重了，想照顾它们也无能为力。

住在酒窖的第四天，艾哈迈德的寒战和高烧终于消退了，他也终于感觉到了饥饿。等到半夜，他蹑手蹑脚地上了楼，踏上冰凉的走廊瓷砖，穿过一扇彩色玻璃门，来到了一个巨大的客厅。他从没见过这么高的天花板，这里简直就像一座宫殿！那只毛茸茸的白猫在大理石窗台上蹭来蹭去，还给了他一个不屑的眼神。屋子里一片寂静，这家人好像都睡着了。

昏暗的灯光下，他发现了壁炉架上装裱的照片。他很好奇这里的主人长什么样，踮起脚走过去仔细凝视那些照片。大部分照片里都有一个十几岁的金发女孩，她自信又大方地凝视着艾哈迈德。哦，还有一个棕发小男孩，他的脸上总是泛着不自然的苦笑。艾哈迈德看着男孩儿忍俊不禁，他一定很讨厌拍照吧。

这让艾哈迈德想起开斋节。在这个最重要的节日里，爸爸总会让他和妹妹们坐在沙发上，依次拍照留念。艾哈迈德很喜欢搞小动作，在爸爸按下快门的时候，他总是跳起来或者做鬼脸，惹得爸爸不禁生气，诺里和贾斯敏则在一旁哈哈大笑。毕竟当斋月结束的时候，整座城市都弥漫着茴香甜面包的味道。不得不坐在沙发上拍照的时间确实太难熬了。

回忆使艾哈迈德的肚子叫了起来，但他还是望向了那张最大的相片。那是在黄昏时分的海滩背景下的整个家庭——妈妈就像是那个年轻女孩的放大版，强壮而帅气的爸爸怀抱着那个男孩。这些人一点儿也不像他的家人，因为他们是欧洲人，穿着西式服装、被太阳晒得黝黑。可是看到那位爸爸拥抱男孩的方式，艾哈迈德想起了自己的爸爸。他无奈地转身离开了。

艾哈迈德穿过餐厅，走进厨房。他的呼吸声刺耳而急促，这让他担心这家人能听见自己的喘息。他看到一串香蕉挂在钩子上。虽然很清楚偷窃是一种罪恶，可他没有力气去思考接下来怎么做，总得先活下去啊。艾哈迈德不敢清晰地思考了，只要一想到现状，恐慌和痛苦就会击垮他：爸爸走了，他独自一人，身无分文，还弄丢了手机。他必须保护自己，第一步就是解决饥饿问题。怎样才能不成为小偷呢？他突然发现柜台上有一沓信纸和一支铅笔。就是它们了！他可以记录下他拿的一切东西，总有一天要把钱还给这家人。尽管短时间内他很难做到，但这个愿望让他感觉好多了。他把纸和铅笔塞进口袋，迅速抓了几片面包和几根香蕉，跑回了地下室。

一回到地下室，他就狼吞虎咽地啃起了面包和香蕉。他没有吃饱，至少舒服多了。他把拿走的东西写在清单里，这也让他稍稍安心了一点儿。他再次走出酒窖，跑到家具间去看兰花。这些兰花被晒得太久，水分不够，已经奄奄一息。艾哈迈德想到了外公，外公总是细心照看附近的人们送来的兰花，尽管那些兰花状态都不容乐观。“人们总是放弃得太早。”他常常叹息。

“你们只是需要一点儿帮助。”艾哈迈德低声对兰花说。

他把兰花一盆盆搬到卫生间，往水槽里倒入温水再排空。他还在工具箱里找到了一把剃须刀片，用它把每株兰花的穗尖都割了下来。这样植物的营养就会集中储存在叶子和根系里了。最后，他把兰花整齐地摆放在窗前。

回到酒窖，艾哈迈德觉得要做个计划，可刚想到兰花，他就睡着了。去楼上的探险之旅已经让他筋疲力尽了。

第二天早上，他又听到了楼上家庭细碎的说话声，以及厨房里碗和勺子的叮当声。他现在知道这家人都长什么样了，所以可以想象出他们吃早餐的场景，他甚至能感觉到那种流淌在家人之间的温暖安心的氛围。他曾经也拥有过，但现在……

终于，他听到一扇门重重地关上了。他等了一会儿，确认房子里没有人了，才踮着脚上了楼。他往门厅的地砖上张望，没有书包、公文包，衣架也是空的，全家人都去上学或上班了。厨房里乱七八糟的——堆在水槽里的脏碗、喝了一半的咖啡。这家人吃的都是盒装麦片，没有皮塔饼和甜茶，也没有用大蒜和孜然做的鹰嘴豆。艾哈迈德不再回忆，他把心思集中到眼前的食物上。他喝完了那半杯咖啡，吃了一勺剩下的麦片粥，又从一条面包里抽出几片，然后翻了翻冰箱，吃了一口胡萝卜、一勺果酱和一些泡菜。

穿过餐厅回到地下室的楼梯时，他听见了一种久违的声音——孩子们玩耍时的欢笑声。在任何一种语言里，欢笑声都是一样的。他循着声音来到卧室，从明亮的窗户向外望去。

墙的另一边就是他几晚前穿过的院子，原来那是一所学校。他能看见一道高高的绿色栅栏，操场上，孩子们在踢足球，他们的脑袋跟随着足球在空中上下浮动。

“等我们到欧洲了，你就能重新上学了。”在他们遭遇海难的前一天夜里，爸爸向他承诺。当时船很大，海面也很平静，未来在往东延伸，要把他们带到安全的地方。

艾哈迈德把额头贴在窗户上。他羡慕沐浴在阳光中的一切。曾经，他也在阳光下无忧无虑地奔跑。现在，他不得不藏起来，藏在阳光照不到的地方。他感觉到自己的心在往下沉，连忙停住悲伤的情绪，安慰自己总会有办法的，就像天不会一直下雨，阳光迟早会出来的。

有个柔软的东西碰到了他的腿，他知道是那只猫。他伸手去摸那个毛茸茸的白脑袋，这个小东西也是令他感到温暖的存在。猫咕噜咕噜地叫着、蹭他。

艾哈迈德又想起了兰花。从地下室窗户里射进来的阳光完全不够。如果他现在离开的话，它们没有人照顾，很快就会死掉。

不管怎么说，现在还没必要逃跑。他得做一个合理的计划，首先确保自己健康。办法会有的，但需要时间。说不定真的能找到方法来偿还从这里拿的食物呢？

马克斯：糟糕的一天

“迈克尔，你又没把马桶盖放好！”妈妈又在教训爸爸了。

“我放好了！”爸爸争辩道。

马克斯不再享用他的麦片，而是抬起头看着他们。他已经吃了六周盒装麦片了，都是通过海运弄来的。而现在，父母激烈的争吵声彻底毁了他享受最后一杯的心情。

“那是你干的吧？”克莱尔怀疑地问道。她也坐在厨房里，就在马克斯旁边，却连头都懒得抬。

“我从不去那儿。”

“噢，爸爸说他也不喜欢去。”

马克斯耸耸肩：“就算不为这个，他们也会为别的事吵架的。”他知道克莱尔不会否认。父母经常吵架，不是为了马桶座圈，就是为了其他可笑的事情，例如谁打开了地下室的门、谁忘了给车登记、谁买错了地蜡，或是谁吃了最后一根香蕉。

克莱尔瞅都没瞅他一眼，眼球骨碌一转：“我大概知道为什么了。”

“什么意思？”

“因为你把他们折腾得够呛。”

“这得怪他们。”他反驳道，“是他们非要我去法语学校的！你在学校里还能说英语。”

克莱尔夸张地叹了口气，好像马克斯真的很蠢。她从凳子上跳下来，把碗塞进了洗碗机里。

“跟我聊聊天吧。”马克斯在心里哀求，“我没有其他人可以说话了。”实际上，他却高喊，“克莱尔没洗碗！”

克莱尔甩了甩金色的马尾辫，冷冷地瞪了他一眼。马克斯知道自己挺浑蛋的，但他不在乎。

“克莱尔！”妈妈的咆哮声从另一个房间传来，“我已经告诉你一百遍了，在这儿你得洗碗！这些欧洲电器……”

克莱尔跺着脚走到水槽边，草草冲洗了一下碗。戏弄克莱尔是马克斯最大的乐趣。可她现在出了厨房，又只剩下他一个人了，而之后的体验更糟糕。在上学的路上，他不小心踩到了狗屎。于是那种可耻的、令人愤恨的味道一直萦绕着他。

这一天的晦气还没完。在上次的听写中，满分 77 分的题，他只得了 13 分。简直不能再低了！他们是怎么考 77 分满分的？午饭后，他站在雨里，假装和“你会说英语吗”组合相处融洽。这个组合的成员是朱尔斯、路易斯和安德烈。马克斯在午休时和他们待在一起，依旧无法深入沟通。

足球滚到了马克斯面前，他装作没看到。接着他听见奥斯卡的喊叫：“墨西哥人！”他忍不住把球踢了回去。尽管他踢的方向没错，奥斯卡还是发出了嘘声，仿佛马克斯什么也不会。“当你想要采取什么行动时，先数到十，给自己时间想一想。”这是克兰茨小姐给他控制冲动的建议。于是马克斯默数到十，努力压抑把奥斯卡扔到一堆狗屎里的想法。

一天中唯一不错的事情是罗格朗夫人指派法拉帮他订正听写错误。法拉坐到他的书桌前，同情地看着他那张满是错误的试卷。

“法语很难学。”她认真而缓慢地讲着，好让马克斯听懂。她指着一堆杂乱的元音，“我也犯过这个错误，法语还是我的母语呢！”

马克斯差点儿向她伸出双臂致谢。

“虽然你还是个初学者，但你学得很不错，包括口语。”她鼓励道，好像得 13 分是某种了不得的成就。

虽然马克斯不信，但听到这些赞许的话，感觉还不错。他报以笑容：“谢谢。”

在回家路上，波林夫人又宣布了一个令人沮丧的消息——她说服了马克斯的父母，给马克斯在比利时童子军报了名。这使马克斯开始厌烦“童子军”这个词了。他努力克制着顶撞她的冲动。

“你会拥有一套制服。”波林夫人说。

马克斯连上学穿的校服都讨厌。“太棒啦。”他口是心非地说。

“你可能已经认识一些男孩啦，他们是按学校划分团队的。”

马克斯感觉更糟了：“我的队伍里没有奥斯卡吧？”

波林夫人耸耸肩：“我还没看到名单，他是你的朋友吗？”

“正好相反。”

他期待波林夫人对这事产生兴趣，但她似乎完全不为所动，仿佛孩子和一个欺负他们的恶霸分到一起十分常见。

“希望你们是一队的，在童子军，你们会成为好朋友的。”

你想打个赌吗？马克斯暗自想。在学校里，奥斯卡还有所收敛，但在树林里就不一样了。马克斯想象着奥斯卡故意把他引到歧途，推进沼泽；或是把他绑在树上，留在一片令人毛骨悚然、湿漉漉的森林里。他祈祷着奥斯卡不愿意加入童子军。

艾哈迈德：规律的日常生活

艾哈迈德恢复了体力，也熟悉了这家人的生活规律。工作日，他们会在八点十五分前全部离开，直到下午三点才回家。

这让他有了足够的时间去做自己的事。他会把兰花搬到楼上的客厅里晒太阳，洗个澡，拿些食物并记在清单上，洗衣服，逗猫，甚至在楼梯上跑来跑去锻炼。

“海马先生”的时针快指向十点了，艾哈迈德停下手头的事，靠在卧室门边。无论天气如何，孩子们都会在操场上跑上二十分钟。长久躲在地下室，这是他难得的能望见天空的时刻。他会闭上眼睛，听着墙那头的声音，回忆着小时候和妹妹一起玩游戏的情景——贾斯敏会从一个格子跳进另一个格子里。之后的时间里，他会和兰花聊天。他清晰地记得外公也经常在苗圃里和玫瑰花说话。外公常说：“它们喜欢听人说话，它们知道有人陪伴。”

艾哈迈德给兰花讲述爸爸的事——不是在海上的那个晚上，也无关战争，而是战前在故乡的生活。“他经常参加我们的儿童足球赛，即使参赛的只有他一个大人。进球了，他比我们还要开心！诺里小时候总爱扯他的胡子和嘴唇，他从没发过脾气，哪怕那时候他正在和别人说话。我和贾斯敏跟着他去市场买牛奶的时候，他总是先给我们喝几口鲜奶，再把剩下的带回家给妈妈煮。有一次我说贾斯敏喝得太多了，他却对我很生气。我争辩说这不公平，贾斯敏喝得比我多。他说：‘你得学会宽容。’当时我羞愧极了。”

三点三十五分，男孩和一位有时说法语的女士从学校回来了。五点半，女孩也回来了。到了六点半，大门开关了几次，这家的父母说着英语，替代了说法语的女士。这家人通常在十一点睡觉，艾哈迈德可以在零点左右上楼，吃些剩饭或香蕉。

更新了食物清单之后，他会和兰花道晚安，即使它们奄奄一息，他也希望陪在它们身边。外公说：“爱花之人是在欣赏上帝创造的美丽世界。”

周三的情况不太一样。学校只有半天课。早晨七点半，清洁女工就来了。她和这家人互相问候，然后去地下室拿吸尘器。吸尘器会在他头顶呼啸穿梭近五个小时。十二点半，她才把吸尘器放回地下室。不久，男孩就回家了。这个时候，艾哈迈德只能在酒窖里做俯卧撑，或者蹲一会儿，或者回忆以前看过的足球赛来打发时间。但时间总是过得非常慢。周末就更棘手了，有时这家人整天都在外面，有时又总有人在家。他想为周末储备点儿物资，但又担心吃得太多。所以一到周日，他总是坐立难安，饥肠辘辘。

转眼到了 9 月下旬，艾哈迈德觉得该走了。他这个不速之客逗留得太久了，但他还是没什么规划。他能想到的唯一办法就是爬到开往加来的火车上。没错，尽管被暂时困在这里，但他仍心心念念地想去英国，那也是爸爸一直希望的。

一天早晨，这家人都外出了。艾哈迈德第一次打开院门走了出去。天空蓝得耀眼。他沐浴在阳光中，感受着阳光将身上和心里的阴霾一点一点驱散。荧光绿的鹦鹉从花园上空掠过。他想起了妈妈。她曾养过一只鹦鹉。他想象着妈妈抚摩鹦鹉柔软的绿色脑袋的样子，仿佛可以闻到她身上月桂皂的香气，听到她用轻柔的嗓音给诺里哼唱摇篮曲。

加来没有花园。他在这家人扔到回收站的报纸上看见了加来的那个丛林营地。之前在马克西米利安公园的帐篷里，人们在篝火上做饭，尽管地面很泥泞，而且到处都是垃圾，但和加来相比，可以说是天堂了。冬天即将来临，如果去加来，情况会更糟糕。或许他只能瑟瑟发抖地睡在户外。他连一件夹克衫都没有。

艾哈迈德迎着阳光，犹豫不决。是继续追逐梦想之光去英国，还是留在这里度过冬天？无论哪种选择，他都要冒极大的风险。

墙那边传来孩子们的嬉闹声，课间休息时间到了。

他想起某个周五，他和爸爸做完祈祷后回家。天空很蓝，和今天一样。爸爸对他说：“当你无从选择的时候，真主会保佑你的。”那个时刻很特殊，爸爸的语气就像在对待一个真正的男人。

马克斯：饶纳尔和英雄街

“你呢？”

童子军的领袖满脸青春痘，他指向马克斯，用英语和法语各问了一遍。

男孩们都在偷瞄马克斯。他们正坐在布鲁塞尔郊外一片潮湿的灰色森林里。马克斯被要求说出一种代表自己精神的动物，但他脑子里一片空白。用英语说这种傻话都很难，更别提用法语了。他不知道任何冷血动物的法语，也不会说鹰、山狮和熊。

“蟾蜍！”奥斯卡戏谑地说。

大家哄堂大笑，马克斯的脸立刻红了。他虽然不知道那是什么，但肯定不是好话。

如果方丹警官从来没去过他家就好了，他一点儿也不喜欢童子军。“斯库特”会议每周末持续五小时，占据了他周末的大半时间。制服也很可笑，不管多冷，他都得戴着红红绿绿的围巾，穿着蓝色牛津衬衫和百慕大短裤。为了和那些要和他做朋友、帮助他的小伙伴们交流，他还不得不唱一些他听不懂的傻不拉唧的歌曲。就算如此，他还是不可能和奥斯卡那样的人成为朋友的。

三小时后，马克斯踉踉跄跄地走出森林，瘫倒在家里新买的汽车里。

“开车吧！”他命令道。

爸爸失笑，顺从地把车开上了车道。太阳在云层的缝隙中游走，乌青色的云朵布满了天空，就像他此时的心情。天气变化不定，并且通常都会变得更糟。

“喜欢这里吗？”爸爸问他。

“糟糕透顶，我们能回家吗？”

“我们就快到家了。”

“我是说美国的家！”

“听着，马克斯。这里没那么可怕。”

“不，很可怕。学校、波林夫人、童子军，一切。”

爸爸没有继续和他争论，专心地开着车。

出了森林地区，车窗外的建筑变成了豪华住宅和大使馆。

他们经过一个整洁而精致的公园，回到了电车轨道附近。先是一滴雨打在挡风玻璃上，不久就下起倾盆大雨。

爸爸打开了雨刷。“马克斯，我有没有跟你说过我最近的工作？”

马克斯摇摇头，他连自己的事都忙不过来，从来没问过这些。

“就是恢复计划。每个国家都需要有个保护自己的计划，确保在盟国介入前不受攻击。当国家面对危机时，韧性是最重要的。得去战胜危机，不能屈服。人也一样。”

马克斯怒不可遏：“所以我应该很有韧性咯？”

“我想说的是，你不能因为一些小挫折就停止前进。”

“这些可不是小挫折！”

“好吧，大问题，大问题。比利时不就是最好的例子吗？‘一战’期间，比利时被德国侵略。德军不仅在数量上是比利时军队的十倍，还有机枪、芥子气和飞艇等武器。这些都是比利时军队从未遇到过的。原本比利时军会在几周内惨败，事实上他们苦战多年，甚至不惜引来洪水抵制德国人。”

水是武器吗，就像漫画里超级英雄用的那种？马克斯很好奇，他喜欢和爸爸谈论军事历史。回家后，他们又聊了会儿。但他有些气结，不想让爸爸觉得他对战争史感兴趣。所以，他打开了收音机，正巧播放的是经典歌曲《海湾码头》，这让马克斯更想家了。爸爸有些心烦，他觉得问题的根源是马克斯的态度，而不是他们当初选择来比利时的决定。

第二天下午订正作业的时候，马克斯向波林夫人请教比利时人对德军的洪水防御法。

“是真的吗？”

马克斯知道这肯定是真的，因为爸爸不会编造这种事。但对此提出质疑可以激怒波林夫人，让她不那么注意自己听写的问题。

“当然！”波林夫人气愤地瞪着他，“伊瑟河是个低洼区。情势紧急的时候，比利时人民打开运河阀门，淹没了德军战壕。比利时人民一直在战斗！‘二战’期间也是……”

“布鲁塞尔也有吗？”马克斯问。

“尤其是布鲁塞尔！想想这条街道的名字。”

“艾伯特·饶纳儿？”

“饶纳尔，”波林夫人纠正道，不过在马克斯听来两者没什么区别，“你知道他是谁吗？”

马克斯摇摇头。

“他在战时住在这里。这条街原来叫‘让·林登’，是为了纪念第一位兰花种植者。要知道，兰花不是北欧的本土植物，要让它们在这里生长很不容易。”

对于妈妈而言，兰花确实很难养活。他们抵达布鲁塞尔后，妈妈就买了兰花。但几周后，所有的花都枯萎了。

“说回饶纳尔，他伪造了文件，让比利时人不必去德国工作。他还保护了一个名叫拉尔夫·梅尔的犹太男孩，那是他儿子的同班同学。20 世纪 30 年代，拉尔夫的父母从德国逃难到了比利时。德国入侵比利时的时候，他的爸爸请求饶纳尔保护这个孩子，善良的饶纳尔就把他藏在了家里。”

“就像安妮·弗兰克[1]。”马克斯若有所思地说。他去年在学校读过她的日记。“那个男孩多大了？”

“不知道。比你大得多，也许和克莱尔差不多大吧！饶纳尔的儿子是他的中学同学。”

“后来怎么样了？”

“唉，盖世太保[2]发现并逮捕了饶纳尔，把他关进监狱，然后送去了法国的劳改营。他在那儿去世了。这就是这条街道名字的来由。”

拉尔夫一定也死了，可能是在类似安妮待过的那种集中营里。这个故事太悲伤了，马克斯有些后悔发问。他只好试着分辨“你”“三”和“屋顶”（几个发音很像的法语单词）的区别，用以转移自己的注意力。但这个办法没能奏效。“他住在这里吗，三十六号？”

波林夫人摇头：“他住在五十号。”

马克斯还想知道饶纳尔把男孩藏在了哪里。搬到这个家的时候，爸爸领他看过一个未完工的房间，后面有一扇门和一个古老的酒窖。那里面太潮，箱子都不能放，父母就把箱子堆在门外。也许饶纳尔把男孩藏在了那里。他张开嘴想追问，但被波林夫人打断了。

“够了，”她严肃起来，“我们得继续听写了。”

---

[1] 《安妮日记》的主人公。

[2] 盖世太保：德语“国家秘密警察”（Geheime Staatspolizei）的缩写 Gestapo 的音译。

艾哈迈德：难得的悠闲

艾哈迈德在凌乱的厨房抽屉里发现了一串钥匙，每一把都一模一样。他在地下室的门上试了试，确定能开门，于是拆了一把下来。只要有钥匙，他就能去更远的地方了。当这家人不在的时候，他可以偷偷溜出门，只不过翻墙回来的时候要留心别被邻居发现。

钱是个大问题。他是可以在街上乞讨，但太危险，警察可能会要求他提供一些文件。在找钥匙的时候，他发现了几枚两欧元的硬币。自己已经拿了吃的，要是还拿钱，实在是过意不去。随后，他发现了更多硬币，壁炉架上、洗衣房里、卧室沙发垫下面都散落着许多硬币。这个说英文的家庭似乎很富有，至少他们不会在意这些硬币。他决定只拿一点点，并把它们写进清单里，保证以后会还。

第二天，这家人外出后，艾哈迈德拿着硬币走出了地下室，再从花园的墙上翻了出去。他穿着一件汗衫在附近走动，这是他在洗衣房里发现的。他在附近的超市买了点儿东西——饼干、罐头鱼和豆子。回去时路过一个报亭，他用剩下的钱买了足球杂志。他知道一些球员的名字，尽管不懂法语，但可以看比分和照片。他急匆匆地跑回来，慌乱的脚印散落在10月的落叶上。

艾哈迈德的生活开始变得有规律起来。早晨，他会收拾一下酒窖，或者和兰花聊聊天，或者去窗户边看充满活力的校园。中午，等男孩回家，他就开始午睡，或者阅读足球杂志。晚上，他会在房子里搜寻剩饭或零钱，偶尔去一次杂货店。

一天早上，他在储物箱里发现了一个充气的野营垫，这可比毯子舒服多了。酒窖越来越冷了，他得在水泥地板上垫点儿什么来抵御严寒。至少在春天之前，这家人不太可能用到这个垫子。艾哈迈德把它也写进了清单。

那天晚上，他站在垫子上，面向故乡所在的东南方祈祷。以前和易卜拉欣一起的时候，他总是很小声地祈祷，现在，他可以把音量提高一些。在家的时候，爸爸会在客厅的拜毯上祈祷，身边摆满红色和白色的鲜花。这个画面鼓舞了他。

起初，他祈祷过后会把垫子卷起来，藏在壁龛里，需要的时候再费劲儿地把它吹起来。后来就不这样了，他直接把垫子铺在毯子下面，让自己更舒适一些。但破碎的水泥墙壁仍令他沮丧，尤其是在不能外出的日子里，他能做的只是对着墙壁发呆。

他从足球杂志上撕下一张海报贴在墙上，又从垃圾箱里翻找出当地的传单和精美杂志。随后，他剪下了自己最喜欢的照片——一个有三叉戟和金色鳞片的超人，还有一个身体是鸟笼的人物画像。他把它们都贴在了墙上。

11 月的第一周，这家人都外出了。除了清洁女工来喂猫的那天，艾哈迈德可以随时进出。他喜欢明亮的晴天，喜欢看阳光将世界温柔地笼罩起来，好天气总能令他有个好心情。一天下午，他决定做妈妈曾经做过的小肉丸。

他在商店里找了好久才找到面粉，因为他不敢询问店员。他尽量避开与别人进行眼神接触，就这样把最后的钱都花掉了。

回到房子里，他才想起自己完全不会做饭。没人教过他。他一边哼着小曲，一边把食物剁碎混到一起。他感觉很棒，半小时后，洋葱烧焦了，羊肉丸和面粉散开了。他尝了一口自己做的饭，不禁想起了妈妈。他再也无法品尝到妈妈做的美味佳肴了。

周末，这家人回来了。听见他们的声音时，艾哈迈德松了口气，至少他觉得自己并不孤单。他在房子里进行的所有探险都在一楼。即使家里没人的时候，他也只去过一楼。这让他觉得自己和这家人有了默契。他没去过他们的卧室，他们也不来他的卧室。只要大家都能遵守这条原则，他就很安全。

马克斯：奇怪的声响

马克斯是在巴黎度过秋假的。他在那儿过了生日，在埃菲尔铁塔附近的餐厅里吃了牛排和薯条，画面如同电影场景一般。要是秋假能更长一些就好了，马克斯躺在布鲁塞尔家中的床上想。巴黎远比布鲁塞尔更吸引他，他尤其喜欢和爸爸一起去看地下墓群，里面堆满了战士们的头骨，他们奋起反抗过纳粹的侵略。

现在已经是周日晚上了，周一又要去“悲惨学校”上学了，他怎么也睡不着。每当想到无聊的学校生活，他就会失眠。他不相信有鬼，有时，他在床上辗转难眠的时候，会听到地板发出吱吱作响的声音和轻快的脚步声。可能只是猫在跑来跑去，不过他更愿意理解为房子有自己的生命，会在夜里活动活动陈旧的骨头，或者回顾自己在战争时期见证过的黑暗历史。安妮·弗兰克的故事很久远了，但艾伯特·饶纳尔藏起拉尔夫的故事就发生在这条街上，这让马克斯觉得战争离自己很近。

父母低声的争吵传来。马克斯听不太清，肯定又是个无聊的话题。比如钥匙，妈妈坚称他们有五把备用钥匙，但爸爸说只有四把。最近一个月里，单单关于香蕉的争执已经发生了三次，简直就像三场“香蕉战役”。爸爸说妈妈吃掉了最后一根，妈妈立刻反驳，接着没完没了地兜圈子。这样的局面甚至让马克斯想赶紧去“悲惨学校”。

争吵声变大了些。

马克斯听到妈妈提议说：“我们该把他送到美国学校去。”

他一激灵坐了起来，紧张地听着。

“让他再试试吧，”爸爸说，“才过三个月！”

“你听见他说什么了吧？迈克尔，他和他姐姐不一样。”

“这正是送他去法语学校的原因！再给他点儿时间。”

“也许我们该留在华盛顿的……”

“你总是事后怀疑自己。想想他在华盛顿的迷糊劲儿……”

迷糊？马克斯想大喊。我在这儿更迷糊！他用手塞住耳朵，不想听下去了。

马克斯把手从耳朵上拿开时，父母那边已经归于平静了。

他们睡了，马克斯却睡不着了。克莱尔很棒，而自己却令父母操碎了心。

马克斯下了床，经过父母和克莱尔昏暗的房间，来到了一楼。他坐在客厅的落地窗旁，望着外面的花园。难怪方丹警官这么喜欢这个花园！朦胧的雨洒落在冬青树丛里，看起来就像飘雪。那棵光秃秃的梨树弯弯的影子有种别致的美。一只猫在墙头游走。马克斯突然泪如雨下，好像乌云飘进了他的眼眶似的。他闭上眼睛，躺了下来。

砰！

马克斯吓了一跳。楼下一扇门突然关上了！蒙眬的睡意消散得一干二净。他这才意识到自己不是在三楼的床上，而是在一楼。雨已经停了，在阴森的寂静中，月光洒进客厅。马克斯屏住呼吸站了起来。

有人在楼下吗？

他蹑手蹑脚地走到地下室门口，站在楼梯顶默默地听着。一片死寂。他打开灯，灯光让他紧绷的神经平复下来。也许声音是从楼上传来的。那是谁关上了洗手间的门呢？他一步步往下走，来到了洗衣房的赤陶地板上，走廊里堆满箱子。

又是一声巨响！

马克斯吓得几乎要跳起来。在他跑回楼梯前，惊慌的泰迪·罗斯福从撕裂的纸箱子里冲了出来。

马克斯扑哧一笑："原来是你啊！"

猫用绿色的眼睛看了他一会儿，跳上了楼梯。

马克斯跟着这位不速之客转身的时候，看了一眼走廊尽头。

他想起箱子后面那扇小门，突然有了个念头——看看门后有什么。他从爸爸的工具箱里拿出一个手电筒，把箱子搬到一边，这样他好挤到门口。奇怪的是，这些箱子似乎已经被搬动过了，都摆放好了。也许爸爸妈妈在里面藏了什么东西？出于好奇，他伸手去开门。

艾哈迈德：不速之客

钥匙转动的响声令艾哈迈德大惊失色，他不知所措地跳起来。几周过去了，他变得大意了。或许因为刚刚进地下室的时候，他把酒窖的门关得太响了。明明没有人来过这里，外面的人是怎么知道的？！不会有人想得到这里有人吧？！

但现在门锁传来了动静，艾哈迈德知道已经无能为力了。他把毯子收起来，门“嘎吱”一声开了，他跳进壁龛，尽可能贴着里侧。可他来不及收拾野营垫和墙上的画。当光束射进酒窖的时候，他用毯子盖住自己，闭上眼睛，祈祷不会被发现。

第二章

酒窖里的秘密

不可思议的相遇

手电筒照亮了一个奇异的世界。

马克斯首先被贴在酒窖顶上的图片吸引住了。那应该是个人吧？虽然穿着鞋子、裤子，戴着帽子，但身体是个鸟笼。鸟笼里栖息着一只鸽子，笼外的平台上也停着一只，看起来是一对。他向前走了一步，发现脚底软绵绵的。低头一看，爸爸的野营垫正铺在地上。这张怪异的照片下竟然放着野营垫，真不知道爸爸是怎么想的。

马克斯又用手电照了照酒窖后面，不禁吓了一跳。这儿还有两张照片！一张是罗纳尔多，他是皇家马德里队的前锋；另一张是潜水侠[1]拿着三叉戟在水里比赛的照片。爸爸可从来不会贴这种照片！他在酒窖里来回舞动着手电筒探索，照到了一个小盒子，里面好像有什么东西——一根吃了一半的香蕉！

他深吸了一口气，让自己冷静下来，并尝试找出合理的解释。可能是爸爸来这里的时候吃着香蕉，却因为什么意外匆匆离开了，香蕉就落在了这里。潜水侠和罗纳尔多的照片，也许是上一个租户家的男孩贴在这里的，只是爸爸没留意到而已。

[1] 潜水侠：美国 DC 漫画旗下的超级英雄。

“有人吗？”他试探地问道。

无人应答。他还是有些害怕，想离开这里。明天早上去问问爸爸关于酒窖的事吧。他再次把手电筒照向那张“笼子人”图片。那只笼子是打开的。为什么里面的鸽子没有飞走呢？为什么另一只鸽子在外面待着？关于这幅画，他有太多问题。

马克斯刚要转身离开，突然看见了墙上的壁龛。他用手电筒照了照。壁龛比他想象的深得多，还盖着一条卷起来的毯子！他伸手去扯，毯子纹丝不动；使劲一拽，毯子才掉下来。竟然有一双眼睛正往外瞅着！马克斯惊慌失措地向后退，正要大声呼救，毯子发出沙沙的声音，一个男人出现了！

“求求你！”那人几乎哭着祈求道，“不要告诉别人！”他声音嘶哑。

马克斯这才反应过来，他不是一个成年男人，而是和自己差不多大的男孩。男孩一头蓬乱的黑发，好像很久没有打理过了；眼神柔软又恐惧；皮肤黝黑，脸颊光滑，小胡子在他脸上只是一层轻轻的细毛；带着阿拉伯口音。

马克斯忍住了，没喊出声。他知道这个人肯定是非法移民！“你从哪儿来？”他声音颤抖地问道。即使对方仍是个孩子，但也比自己高大强壮得多。

男孩往四处乱看，好像在考虑是否要说出实情。最后，他说：“叙利亚。”

波林夫人曾提到过这个国家。那天方丹警官查的也是他们！马克斯不可思议地凝视着男孩，他是怎么独自来到布鲁塞尔的？

但男孩似乎把马克斯的好奇误认为怀疑了。他跪倒在地上，抬头看着马克斯，握紧他的双手：“求求你！不要告诉他们！他们会把我送到接待中心去的！我不会给你们添麻烦的！求求你！”

“放心吧，我不会的。”马克斯不知道什么“中心”，但望着男孩绝望的神情，他不假思索地说道。

“谢谢你！谢谢你！”男孩激动地说着站起身来，但他没有直视马克斯的眼睛，好像并不是很相信他。

这样也好。马克斯也不太相信自己。“你叫什么名字？你是怎么来这里的？”

“艾哈迈德。”男孩回答。

马克斯等着他回答第二个问题，但艾哈迈德什么也没说。马克斯用自我介绍的方式打破了沉默：“我叫马克斯，美国人，刚满十三岁，你呢？”

“我十四岁。”艾哈迈德说。

男孩看起来不止十四岁，但马克斯没有质疑他。也许男孩只是想让别人觉得自己年龄没那么大，所以没那么可怕。

“这些照片是你贴的吗？”马克斯指向潜水侠和罗纳尔多。

“是的。”

“你喜欢足球？”

艾哈迈德的嘴唇略带羞涩地向上翘起：“是的，红堡。”

马克斯觉得艾哈迈德说的应该是“红魔”，一支比利时球队。但他没有纠正，男孩单纯的笑容令他觉得安心。

“你也喜欢足球？”艾哈迈德忍不住发问，“罗纳尔多？

梅西？”

“是的。”马克斯承认，“你也喜欢潜水侠？”

艾哈迈德看着照片：“我不认识他。他很擅长游泳吗？”

“不仅如此，”马克斯兴奋地说，“他能在海底生活呢！”

艾哈迈德哈哈大笑。马克斯感觉自己的心跳渐渐平稳了，身体也不再紧张。他靠在地下室的墙上，放松了下来。

“所以香蕉是你偷的。”

男孩的笑容僵住了：“不是‘偷’！”

马克斯意识到冒犯了他。这有点儿荒谬，因为艾哈迈德差不多就是在“偷”东西。不过父母并不是买不起几根香蕉，他们想争吵的话，完全有可能不是为了香蕉。“不，我的意思是……”他感觉自己再说什么都不太合适，就停止了解释。他指向“笼子人”的图片。“那是什么？”

艾哈迈德耸耸肩：“我喜欢。”

“我也喜欢。”马克斯说，“你在这里住多久了？”

艾哈迈德犹豫了，眼神有些闪烁。

马克斯不知道他是不理解这个问题，还是不想说答案。他又问道：“你有家人吗？爸爸？妈妈？”

艾哈迈德低头看向地面：“没有。”

那个瞬间，马克斯在艾哈迈德的孤独里找到了共鸣。他虽然和父母住在一起，但丝毫不被理解。这和没有父母又有什么两样呢？

“需要我给你带点儿什么吗？”马克斯友好地问。

艾哈迈德摇摇头：“不需要。”

“你确定？”

接下来，有趣的一幕发生了。艾哈迈德把马克斯送到了地下室的小门前，就好像马克斯是客人，而他在送客人离开一样。然后，他把马克斯带进了家具间。

“来，”艾哈迈德说，“给你看样东西。”

这是个陷阱吗？如果艾哈迈德想要伤害他，干吗要把他从酒窖带到父母容易听见声音的家具间呢？马克斯跟着艾哈迈德走到了窗口，艾哈迈德拨开窗帘，十几盆长着绿叶的盆栽正放在窗台上。灰色的根弯曲着，像手指一般蜿蜒着。

艾哈迈德挺直了腰板，对马克斯说：“我在照顾它们。”

原来妈妈没有把兰花扔掉，而是把它们放在这里接受光照。马克斯觉得自己就像是这些兰花一样需要照顾，事实上，他只能一直沮丧地待在比利时的黑暗当中。

“我妈妈也会来照看它们？”

艾哈迈德摇头：“从来没有人来过。”他轻轻放下窗帘，望向地面。他只希望马克斯回到楼上，忘了酒窖里的自己。但这不可能。

马克斯站了一会儿，直到艾哈迈德转身走向酒窖。马克斯静静地跟着他。到了门口的时候，艾哈迈德开口道：“晚安。”

“晚安！”马克斯立即回应道。

艾哈迈德关上了他们之间的小门。马克斯在大厅里发呆。一个陌生移民住在自己家。如果他是恐怖分子怎么办？如果他被发现了，决定杀了楼上所有人怎么办？马克斯想起了楼上沉睡着的家人们，他们是那么无助。他应该报警。但他又想到了兰花，恐怖分子会照料植物吗？还在家里摆着野营垫和照片！他还有名字，他叫艾哈迈德。马克斯再次提醒自己——他可是非法移民！但他也是个男孩，喜欢足球和漫画英雄。他失去了双亲，独自一人，而且看起来比马克斯还要害怕。他不太可能伤害别人。

马克斯想把这件事暗示给父母，不告诉他们实情。反正，他们也总是瞒着自己做决定。当他蹑手蹑脚地走过家人们的房间时，他已经想好了——先睡一会儿，早上再说。

和兰花难舍难分

马克斯离开了没一会儿，艾哈迈德就卷起垫子，把剩下的食物塞进塑料袋里，撕掉了照片。他得离开这里，不会错的。虽然马克斯答应自己不告诉别人，但他为什么要坚守承诺呢？毕竟自己是个闯入别人家的陌生人。他从壁龛里跳出来的时候，马克斯明显被吓到了。他不该说自己是叙利亚人的。

马克斯的脚步声越来越远，艾哈迈德准备出发了。酒窖现在看起来和他刚来的时候一模一样，没有一丝有人住过的痕迹。他有些感伤，自己的痕迹是多么容易被抹去啊！他打开小门，仔细地听着。楼上寂静无声。但这可不能说明马克斯没有告诉他的父母。他们可能正在听马克斯说这件事，马克斯的爸爸可能正准备从床上跳下来抓他，他的妈妈可能正准备打电话通知警察。

艾哈迈德急匆匆地跑到家具间，他想和兰花道别。幸好马克斯知道自己一直在照顾它们，而不只是从他家一味地索取。不知道马克斯会不会像自己这样细心地照顾兰花？他心乱如麻，他放心不下兰花，最终，他拿走了养得最好的那盆。

他匆匆穿过洗衣房，回到放置自行车和滑雪板的房间。他打开门，溜到院子里。夜晚比他想象中寒冷得多，他看见自己呼吸产生的水汽，手指也冻僵了。他多希望有件外套，或者一条毯子。屋子里肯定有，但他不是小偷。他还把最近找到的硬币都留在了酒窖里，以此证明自己不是小偷。在这样一个痛苦的夜晚，这份愚蠢的骄傲让他连公交车都坐不起！

艾哈迈德还发现了一个残酷的事实——他不能带走兰花。这么冷的天，兰花活不了多久的。他得把它放回去。如果马克斯的爸爸已经到了地下室怎么办？他想象着马克斯的爸爸在楼梯上拖动着沉闷的脚步声，手里还拿着枪。丢掉兰花，赶快逃跑！怎么能被一株兰花绊住脚呢？可是，他已经一无所有了，他只有这株兰花。

艾哈迈德轻轻地推开门，伸头张望了一会儿。地下室很暗。他溜进去，蹲在自行车后面，竖起耳朵听着动静。没有脚步声、叫喊声，楼上一点儿动静都没有。他把兰花轻轻地放到地毯上。也许这样马克斯的妈妈就能注意到它，并且重新好好照顾它。

现在，该走了。

但他又犹豫了。如果马克斯真的信守诺言呢？至少今晚似乎没有人要来。几分钟后，他蹑手蹑脚地回到院子里，抬头看了看房子。没有灯光。如果马克斯告诉他们了，灯肯定就亮了。

半夜离开有点儿傻。最好是制定一个完美的方案。先睡个好觉，天亮之后再离开，就不会那么冷了。

艾哈迈德把兰花放到家具间的窗台上，踮着脚回到了酒窖。他铺开垫子，把毯子紧紧地裹在身上。但是，他还没想出明天的计划就睡着了。

奥斯卡的挑衅

惊心动魄的一夜过去了，马克斯一觉醒来才想起艾哈迈德。在明晃晃的白天，他无法给艾哈迈德带吃的。他没法假装不知道酒窖里的事。虽说他还在生父母的气，但他得把这件事告诉他们，这事得由大人来处理。

转念一想，那些“值得信赖”的大人又对自己做了什么呢？他们把他困在了比利时！而且，他可是答应了艾哈迈德不会说出这件事的。一番纠结后，马克斯还是下楼了，但他没找到合适的时机提这件事。克莱尔说周五她得去某个聚会，妈妈正和她争论着；爸爸在一旁计算在法国游玩时的账单；泰迪·罗斯福在地板上摔了一跤，家人好像都没注意到它，除了克莱尔。她刚从和妈妈的战争中抽离了一会儿，就开始对马克斯发号施令，要求他喝完最后一杯牛奶。

“马克斯，告诉波林夫人，回家路上给我们买些牛奶。”

妈妈边说边把文件塞进公文包里，“我没有现金了。迈克尔，硬币放在哪儿来着？简直是拿钱不当钱！告诉她，周末给工资的时候，我再给她报销。”

“好的。”马克斯心不在焉地答应着，心想，硬币的失踪或许和艾哈迈德有关。

爸爸送他上学的时候，或许能有机会谈谈。上学的路上，马克斯望向车窗外，屋顶上方的天空湛蓝明亮，人们在安静的街道上交谈。马克斯看见了五十号！艾伯特·饶纳尔的家！他发现它的时候，刚经过一丛杂乱的树莓和写着“有主，非废弃”的法语警告牌。这是街区里唯一的半附联式建筑，有着令人印象深刻的屋顶。马克斯对中间的两段楼梯十分好奇。可以想见，艾伯特·绕纳尔一定是个有影响力的大人物，所以买得起这样的房子。然而，他为了藏起一个犹太小男孩，牺牲了自己的生命。

“你今天早上很安静啊，”爸爸抛出疑问，“想什么呢？”

“没什么。”马克斯搪塞道，犹豫了一下，他补充说，“呃，在想叙利亚的事。”

“叙利亚？”爸爸扬了扬眉毛。

“我看到了一些相关的报道，”马克斯含糊地说，“那儿发生了什么？”

“内战。”

爸爸说了一些关于战争的事情。马克斯印象最深的是难民。爸爸说，数百万难民逃离，背井离乡，拥入了其他国家的临时难民营。

“非常可怕，尤其是在冬天。妇女和儿童都得睡在帐篷外边。有的在战乱中受了伤，有的失去了家人，正遭受着严重的精神创伤。”

马克斯明白为何艾哈迈德孤身一人了。他的父母一定是在战争中死去了。

“有人在帮助他们吗？”

“当然啦，就像红十字会、国际救援委员会和无国界医生组织等，这些机构一直在努力，但也只是杯水车薪。上一次欧洲有这么多难民还是在‘二战’后！而且，大家都担心难民中会不会混着恐怖分子。”

“就像波林夫人，”马克斯说，“她觉得他们都是恐怖分子！”

“噢，波林夫人。”爸爸悲哀地摇头，“也许会混着那么一两个吧，但肯定不是大多数。”

马克斯感受到了鼓舞，爸爸似乎对难民的困境表示同情，这正是他说出艾哈迈德的绝佳机会。

“布鲁塞尔有难民营吗？”

爸爸回答说：“夏天的时候有个很大的难民营，但9月份被撤掉了，所有人都被送到了接待中心。”

中心——大概是艾哈迈德说过的那个。

“他们……好吗？”

“拥挤不堪。”

“也许我们可以在家里收容一个难民，我们的房子足够大。”

爸爸把车停在“悲惨学校”的门口，轻轻揉了揉马克斯的头发，“马克斯，你是个好孩子，但我们不能那样做。”

马克斯把脑袋挪开：“为什么？”

“马克斯，我们是美国人。照顾别人是一项巨大的责任，我们还得在这里待八个月呢。”他苦笑，“你能想象波林夫人会怎么说吗？”

马克斯用微笑掩饰了自己的失望，随后迈着艰难的步子走进“悲惨学校”。他早该明白爸爸是指望不上的。爸爸不认为他是个好孩子，只觉得他糊里糊涂的。

在学校里，尽管马克斯很努力地保持全神贯注，但比平时更听不懂罗格朗夫人的意思了。到底该怎么做呢？他琢磨着。鼓励艾哈迈德留在酒窖里？这显然不是个好主意。如果被父母发现，他们会把他交给那个什么中心的。还有方丹警官，他说会密切关注这栋房子！如果警察发现了艾哈迈德，那就更不妙了，毕竟这可是个闯入别人家的非法移民。

课间休息时，“你会说英语吗”组合模仿着不同的老师讲课的样子，把大家都逗笑了。马克斯却目不转睛地望着家的方向。

艾哈迈德在干什么呢？有没有去过自己的房间？马克斯从没发现过自己的东西丢失或移动位置。他的脏衣服、平板电脑、其他电子产品、书籍、漫画，还有幻想棋盘游戏，全都堆在房间里。他从不在乎房间这么邋遢，此时，他忽然有些不好意思起来。也许艾哈迈德已经逃走了呢？如果真是这样，他就不用这么纠结了。就算逃走了，也不会有更好的结果，他想象着——艾哈迈德在雨中跋涉，手里拿着一张手写的标语，就像在街角和地铁里乞讨的乞丐。

一声嘶吼打断了马克斯的思绪。他定睛一看，奥斯卡正踩着足球，怒视着自己。

“我不是在看你。”马克斯说。他确实没有看奥斯卡。

“如果你是呢？”奥斯卡挑衅道，那样子仿佛在说：你明明就是！

马克斯这才反应过来，自己胡思乱想的时候，好像确实盯着奥斯卡。但现在不是他解释的时候，因为看奥斯卡的样子，准备要揍他了。他想应该退后，他却往前迈了一步。就在这时，朱尔斯——“你会说英语吗”组合的领头人——搂住了马克斯，把他带到一旁。

“他是个白痴。”朱尔斯低声说。他的意思是：奥斯卡是个白痴，但你不是，所以别跟他争执。

马克斯没有听明白，直直地盯着奥斯卡：“所以呢？”他不确定这是不是表达“那又怎样”的正确方式。

奥斯卡气得鼻子通红。“笨蛋！你要知道，”他用英语说，“这里没人喜欢你！”

马克斯瞬间觉得心跳加速。他不在乎别人是否了解自己。管他们呢！就算违反校规，或是被父母责骂，都无所谓了。他受够了奥斯卡的欺凌！他跑过去，用力撞向奥斯卡。

奥斯卡又高又壮，但他脚下踩着球，被撞得失去了平衡。他摔倒的同时，也打伤了马克斯的鼻子。疼痛激怒了马克斯，暴怒的马克斯跳到奥斯卡身上，挥动起拳头。

“马克斯·霍华德！”

有人用法语喊马克斯的全名。助教曼苏里女士穿过孩子们围成的小圈，粗暴地拉开了马克斯。奥斯卡按住自己的肚子，用法语飞快地说着什么。他的胖手指着马克斯的脸，一副怒不可遏的样子。

马克斯知道大事不妙。奥斯卡没打赢，但肯定能告状获胜！他几乎能想到奥斯卡都说了些什么，例如“马克斯是个疯子外国人”“他一直欺负我”。这是马克斯继自行车车祸后又一重大事故！

就在这时，传来一个正义的声音：“不，不是这样的。”

当然不是这样的，自己才是被欺负的那个。马克斯想。他转向身后，看见了法拉。

“奥斯卡对马克斯很凶，”她用缓慢而平和的、马克斯能听懂的法语说道，“他想要惹怒马克斯。”

曼苏里女士松开了马克斯的胳膊，转向奥斯卡：“是这样吗？”

“不是。”奥斯卡立刻说，但他的眼神闪躲起来。

曼苏里女士对两人都进行了训斥。马克斯不怎么能听懂，但他知道了一些校规，以及再有下次，他们将被送到校长那里去做检讨。随后，曼苏里女士让他们握手，并看着对方的眼睛。马克斯觉得这对奥斯卡来说是最恰当的惩罚了。

铃声一响，马克斯就冲到法拉后面排队。

“谢谢！”他说。

法拉耸耸肩：“没什么。”

马克斯挣扎着想找出合适的法语单词，“我想知道……他为什么讨厌我。”

法拉转过身来：“不只是对你。他的爸爸在他三年级的时候死于一场车祸。从那以后，我们每个人都对他很好，但他变得很刻薄。”

马克斯突然觉得奥斯卡很可怜：“那他的妈妈呢？”

“她是公社的秘书，”法拉回答，“所以他才在学校里为所欲为。跟他打架，你真的很英勇！”

马克斯难以置信地看着法拉。从来没人夸过自己英勇。大家只会说他太冲动。他的脑海中浮现出“英勇”的法语。也许他不像克莱尔那样聪明，也许他从来都不是最好的……但他能分辨善恶，也知道如何保护朋友。他想起了艾哈迈德。

也许有一个办法能让自己变得英勇——不是用拳头，而是像艾伯特·饶纳尔那样，做一件伟大的事！

马克斯心想，要跟着自己的直觉，不能让艾哈迈德陷入困境。他得帮艾哈迈德！

但是……万一已经来不及了呢？也许艾哈迈德觉察到自己的恐惧和犹豫，早就走了呢！马克斯心急如焚。下午回到家，波林夫人冰冷地向他灌输着法语助词。马克斯不能长时间离开，最多只能在房间里上网找找“笼子人”的图片。父母和克莱尔回家后，他们又开始争论聚会的事。在争吵声中，马克斯本想以上厕所为借口偷偷溜进地下室，却听到克莱尔得意地说：“他就是那个没放好马桶圈的人！”

“马克斯！”妈妈说，“跟你说过要把马桶圈放下来！”

“对不起！”马克斯说。就算没有艾哈迈德，大家也会把不好的事情归咎于自己。

“而且他可能会尿到上面！”克莱尔添油加醋，“就像他在楼上干的一样！”

直到大家都上床休息了，马克斯才有机会去看艾哈迈德是否还在。

酒窖里的秘密

过去几年里，艾哈迈德对“敲击”的声音十分敏感，因为可怕的事情发生前通常伴随着敲门声。它常常意味着——你该走了，这是你唯一的机会，再晚点儿我就要把你轰出去。所以，当十一点半的敲门声响起的时候，他倒吸一口凉气。但那声音十分轻柔，好像在说：“我是悄悄来的。”

艾哈迈德小心翼翼地打开了门。马克斯站在门外，穿着睡衣，手里抱着毯子和枕头，上面还堆了个纸袋。

“我不知道你喜欢吃什么，”马克斯有些难为情地看着袋子，“我是说，除了香蕉。”

艾哈迈德久违地笑了。“谢谢你！”他拿起袋子，让到一边，示意马克斯进去。

“我带了火鸡三明治、果汁和一些压缩饼干。味道不怎么样，但能补充能量。”

艾哈迈德其实没听得太明白，但他点点头，装作听懂了的样子。他从马克斯紧张的语气中听出了友好的意味。

“我还拿了枕头和毯子。”马克斯进入酒窖，“这里好像挺冷的。”

“谢谢！”艾哈迈德说着，蹲下身把枕头和毯子铺在野营垫上。

马克斯盘腿坐上垫子，总算感觉自在多了。“我还担心你会离开呢！”

艾哈迈德没有告诉马克斯，其实自己打算离开的。早上大家一出门，他就洗了澡、穿戴好，装好干粮，从楼上拿了更多的面包和橘子，还把兰花带到了楼上，甚至在课间休息时和它们说话呢。

“还没人来找我，说明那个男孩保守了秘密。我能相信他吗？”艾哈迈德问兰花。

“我们相信你。”他仿佛听到了兰花的回应，“相信他——就一天，试试看！”

天气很冷，风雨欲来。他不小心睡着了，醒来的时候，大家都已经回来了。

马克斯来得正是时候。

艾哈迈德取出三明治，里面夹着奶酪和肉片。他用手指戳了一下肉片，有点儿不知所措。

“你不喜欢火鸡吗？”马克斯问道。

“是的。”他答道。他没有多解释什么，关于信仰的事，还是少提为妙。

“抱歉，我不知道。你可以把它拿掉。”

艾哈迈德伸手把肉片拿出来：“你吃吗？”

“哦，不用。”马克斯挥挥手，“我不饿。”

艾哈迈德狼吞虎咽地吃着三明治，吃相不太雅观，他太饿了，根本顾不上形象。

马克斯看着艾哈迈德，感到心满意足。过了一会儿，他诚恳地说：“我不希望你走。”

“事实上，我也无处可去。”艾哈迈德无奈地承认。

“你说的那个中心，真的那么可怕吗？”

艾哈迈德刚吞下一大块硬面包和奶酪，使劲地点头说：“就像监狱！等男孩越来越多，他们就会一并把我们送回叙利亚。”

“他们不会把你送回去的！我查过了，叙利亚人可以留下！”

“我没有证件。”艾哈迈德说。这总比说自己有假证件容易接受些。但马克斯看上去依旧很困惑。艾哈迈德解释道：“没有证件就不能证明姓名、生日、国籍。所有的难民都会说自己是叙利亚人。但没有证件就无法证明。不会有人相信我的。他们也许会把我送到土耳其去。求求你，千万别告诉别人……”

“可你只是个孩子……”

艾哈迈德立刻无心再吃，心事重重地放下了三明治。两人似乎又回到了最初的立场——马克斯可能会背叛他，而他只能恳求马克斯不要这样做。

马克斯显然已经明白了艾哈迈德的担心，他举起手说：“你放心，我不会说出去的，我会帮助你的！不过，我们在这里待到明年7月就要回国了。而且，你也不能在这里待一辈子呀！我们下次好好谈谈，可以吗？”

马克斯看起来十分坚定。艾哈迈德不想立马答复，但他也不希望马克斯在不经过自己允许的情况下做决定。他有些沮丧地说：“也许吧。”

马克斯眉头舒展，这个答案令他挺满意的。

“你还需要别的东西吗？”

艾哈迈德想了很多自己需要的东西，但他什么也没说。他不想欠别人太多，也不想马克斯为了自己去偷拿家里的东西。

“你只有几条毯子，”马克斯的唏嘘打破了沉默，“觉都睡不好！”

“没关系，不需要。”

“这不难。”马克斯说，“我明天晚上再来。”他站起身，环顾酒窖，仿佛在盘点艾哈迈德拥有的和需要的物品。“这是马格利特。”马克斯指着“笼子人”说。

“什么？”

“这幅画的作者叫‘马格利特’，我上网查过了，他是比利时人。”

比起艺术家的名字或国籍，更令艾哈迈德激动的是马克斯居然去查了照片！这张照片把两人紧紧地联系在了一起。

“书，”艾哈迈德突然说，“你能帮我带本书来吗？我能读一点儿英语。”

马克斯使劲点头：“你喜欢什么样的？我有一些漫画、科幻小说和历史书。”

艾哈迈德晃了晃脑袋：“你来挑吧。”

“好！”马克斯爽快地答应了。他很乐于帮别人做些什么。

艾哈迈德送马克斯离开，开门的时候，才发现马克斯的鼻子左侧发红。“你怎么了？”他指着伤口问。

“摔倒了，没事。”马克斯不在乎地耸耸肩，但眼神飘忽不定。

这个谎言毫无说服力。

不过，艾哈迈德没有追问。

惊心动魄的夜晚

第二天是周五，11 月 13 日。这是一个惊心动魄的夜晚。

马克斯永远都不会忘记这个倒霉的日子！

这天，他从学校一回来就开始忙活。他翻遍了自己的书和漫画，想给艾哈迈德挑一些不错的作品。《潜水侠第三卷：亚特兰蒂斯的宝座》绝对是个很好的选择。至于另一本《安妮日记》，他就不太确定了。犹豫了许久，他还是放弃了《安妮日记》，毕竟这个故事的结局不太好。他想要回避“父母已故”的故事，但似乎所有的科幻小说都是从父母去世开始的。

他翻箱倒柜地找出了自己读的第一本书——《美国内战中的英雄男孩》。这本书写于 20 世纪 50 年代。三年级的时候，他的爸爸沉迷于英雄男孩的故事，并在网上找到了这本书的复印版。书里的故事有的很悲伤，有的十分鼓舞人心。这些故事让马克斯明白，就算只是孩子，也可以像大人一样英勇。他把小说和漫画放进手提袋，又从爸爸的旧衣服里翻出了一套睡衣，并拿了一套新的牙刷牙膏。

一切都在意料之中。周五的晚上，筋疲力尽的父母早早就睡了；克莱尔说嗓子疼，提前休息了。十点三十分，马克斯蹑手蹑脚地走到父母卧室门口偷瞄了一眼。爸爸的手机是整个房间唯一的光源，闪烁着信息或新闻快讯。他又到克莱尔的门前，房门底下没有一丝亮光。

突然，马克斯听到楼下传来轻缓的脚步声。前门被打开了！他的身体绷紧起来。艾哈迈德要去哪儿？他要走吗？

马克斯跑下楼梯，正要轻声喊艾哈迈德，却看见了蹑手蹑脚的克莱尔！她穿着外套，还戴着手套，手里拿着一个珠光闪闪的包。

“你要是敢告诉爸爸妈妈，”她警告道，“我跟你没完！”随后，她轻轻带上门出去了。

马克斯愣住了，他的心还在怦怦直跳。她不怀疑为什么大半夜的，弟弟会拿着一个手提袋下楼吗？但他很快明白了，克莱尔只是担心自己会被发现，以及弟弟是否会告诉父母。毕竟她是偷溜出去参加聚会的，父母一直不同意这件事。马克斯闪过一个坏念头，要是把这件事告诉父母，克莱尔就不再是那个完美女孩了。多有趣的新闻！但父母可能会和克莱尔彻夜争吵，那他就不能去找艾哈迈德了。而且在未来很长一段时间里，父母都会无比留心夜里的小动静，这也会让他束手束脚。总之，让克莱尔欠自己一个人情，比发动一场家庭战争要好。

马克斯把从厨房里拿来的花生酱、果冻和三明治递给艾哈迈德的时候，忍不住笑了。这房子里有多少秘密呢？夜里有多少孩子在里面跑来跑去呢？他不禁为父母感到遗憾，他们从未察觉到身边这个“狂野世界”。

“香蕉、花生酱、果冻、两本书……”还没等马克斯统计完，就听到楼上传来妈妈的惊呼声。

“我的天哪！”

艾哈迈德的笑容僵住了。马克斯立即把手提袋塞到艾哈迈德手里，自己跑回了大厅。艾哈迈德也赶快把酒窖的门关上。

马克斯踮起脚，忐忑地上了楼梯。克莱尔出什么事了吗？他的脑海里出现了姐姐被抢劫和殴打的画面，但他很快就否定了这些想法。她才离开十分钟，不太可能遇上这种事。除非是另一种麻烦……妈妈发现克莱尔不见了！他经过厨房，顺手抓起一根香蕉，然后跑上楼去。“怎么了？”他问道。

父母坐在床上，看着手机，房里的灯亮着。

“小声点儿！”妈妈轻声说，“你会把克莱尔吵醒的。”

马克斯松了口气，看来和克莱尔没有关系，妈妈还以为她在睡觉呢。

“是你先喊的。”爸爸白了妈妈一眼。

“那还得怪你把手机落在这里呢！”

“发生什么事了吗？”马克斯忍不住插话道。

“巴黎发生了恐怖袭击，”爸爸解释说，“在各种场合，甚至音乐厅！”

“啊，上帝，可怜的孩子们！”妈妈悲呼。

“恐怖分子？”马克斯问。

“是的。”妈妈回答。

马克斯觉得自己快喘不过气来了。如果艾哈迈德同情恐怖分子怎么办？如果他曾是帮凶呢？

“孩子，你没事吧？”妈妈关切地问。

“大部分难民都不是恐怖分子……”马克斯喃喃地说。

“当然啦。”妈妈迟疑了一会儿，似乎在想如何遣词造句，“他们是热爱和平的、正直的人，就像你的同学，那个女孩……”

“法拉。”

“对，就是法拉。”妈妈笑笑，继而又严肃起来，“但确实有人是极端主义者，这也是个大问题。”妈妈的声音渐渐高亢起来，“那些无辜的人，他们只是去听音乐会……”

“你快把克莱尔吵醒了！”爸爸提示道。

克莱尔！必须通知她。妈妈现在看起来很沮丧，万一突然想去看看克莱尔呢？

“对了，你刚刚去哪儿啦？”妈妈问。

马克斯举起香蕉，“吃夜宵。我去下洗手间，马上回来。”

“看看这个。”妈妈把手机拿给爸爸。

马克斯冲上楼抓起手机，尽可能快地发短信。

“爸妈看到巴黎恐怖袭击的新闻已经起来了，可能会发现你不在家，快回来！”

发送成功。

马克斯跑回父母的房间。他们都一言不发地盯着手机屏幕。

“有新的消息吗？”马克斯问。

“警方还没进入巴塔克兰剧院呢。”爸爸说，“恐怖分子可能会有自杀式炸弹背心，警方得想出万全之策。”

马克斯无法想象那些被困在剧院里的人会多煎熬。也许现在正是他们人生的最后时刻。他不再想这些事，而是把注意力集中在和父母的聊天上，这样他们就不会想着去看克莱尔了。

终于，他的手机响了。

“开门！”是克莱尔的信息。

“我马上回来。”他对父母说，然后跑下楼，开门。

克莱尔溜了进来。她踢掉鞋子，挂好外套，然后把牛仔裤藏到帽子和围巾底下，这才望向马克斯，脸上没有不耐烦，而是清醒、平静的表情。马克斯觉得这是他们搬到布鲁塞尔以来，克莱尔第一次正眼瞧自己。

“谢谢。”她说。

两人一起上了楼。

“马克斯！你在干什么？”妈妈有些生气，“你会吵醒克莱尔的！”

克莱尔走了过来：“太迟了，他已经吵醒我了。”

“我是去检查门有没有锁好的。”马克斯解释道。

“怎么了？”克莱尔揉着惺忪的睡眼，好像刚睡醒似的。

“巴黎发生了恐怖袭击。”爸爸回答。

克莱尔走到妈妈身边坐下来。爸爸拍了拍身旁的空位，示意马克斯坐过去。马克斯坐到了床边。他的惊慌变成了难为情。他怎么能怀疑艾哈迈德有可能参与这种事呢？虽然他是难民，但他看起来没有暴力倾向，他是个友善的人。

“别担心，马克斯。没人会伤害你的。”爸爸说，“这事发生在巴黎，你在这里很安全。”

妈妈搂着克莱尔，宠溺地吻了她的头发；爸爸也抱紧了马克斯。但马克斯脑子里全是酒窖里的艾哈迈德，没人说过他是安全人物。

喜欢读书的孩子

直到第二天深夜，艾哈迈德才再次听到轻轻的敲门声。自从听到马克斯妈妈那声喊叫后，已经过去二十几个小时了。这期间，艾哈迈德一直待在酒窖里，甚至没去过卫生间。为了打发时间，他读了马克斯给他送来的书。

潜水侠的漫画很容易理解，借助图片，他至少看懂了三点——潜水侠坐在亚特兰蒂斯的宝座上；正义联盟；邪恶的奥姆爵士意图毁灭世界，还窃取了潜水侠的王位。另一本书文字更多，只有几张图片，讲的是某场久远的战争中一个男孩的故事。艾哈迈德的英语不足以理解全部内容，但他不喜欢图片中的男孩们——他们举着比自己还高的步枪，或是抱着巨大的战鼓。他很熟悉他们的眼神——疲惫，无可奈何。

艾哈迈德一听到敲门声就匆匆跑向门口。他没有穿马克斯给他的睡衣，因为他仍在想要不要逃跑，而穿着睡衣出走实在有些滑稽。马克斯没留意到这些。他轻轻走进来，拎着个手提袋和一个小冰箱。

“发生什么事了？”艾哈迈德问。

“巴黎发生了一系列恐怖袭击事件。”马克斯没有留意他的眼神。

“有多少恐怖分子？”

“一百多。”

马克斯没再多说什么，但艾哈迈德已经明白了。恐怖分子很可能是在叙利亚训练过的某些组织的成员。他们当中有些人常常往返于土耳其和欧洲其他地区，甚至假扮成难民。他们很可能和自己一样——没有证件，独自在欧洲游荡的年轻人。

马克斯似乎不想深入探讨这个问题。他打开小冰箱。“我给你带了点儿吃的，”他说，“酸奶、蔬菜，我没有给你带肉。手提袋里还有一些书。”

“谢谢你。”艾哈迈德说。他想到了一个无法回避的问题。他要向马克斯表明自己与恐怖袭击无关，自己不是恐怖分子。

“你喜欢第一本书吗？”马克斯问。

“喜欢。奥姆爵士！”艾哈迈德刚说完，就意识到这样说容易让人误解自己喜欢那个坏蛋，于是连忙解释道，“我是说，他很坏。”

“哦。”马克斯似乎懂了，“他是潜水侠同父异母的弟弟，你知道这是什么意思吗？”

艾哈迈德摇头。

“他们有同一个爸爸，但奥姆爵士是人类。”

“人类？”

“就像我们一样……”马克斯解释道，“没有超能力的普通人，和我们一样。”

艾哈迈德摇晃着脑袋：“可我不喜欢他，也不喜欢袭击巴黎的坏人。”

“不说这个了，”马克斯举手示意，“我明白。”他的脸微微发红，似乎有些尴尬。

艾哈迈德也觉得有些局促，脑海里的恐惧和疑虑挥之不去。

“你有没有读另一本书？”马克斯岔开话题。

“一点点。”艾哈迈德温和地说。

“我读书一直很慢。”马克斯接过话茬，“我姐姐克莱尔在一年级的时候，就读完了四本《哈利·波特》，而我连这本书的第三章都没读完。但是我觉得我已经理解了，怎么说呢……反正我很喜欢。”

艾哈迈德没有回应，但他想马克斯肯定很期待反馈，所以决定说出实话，“那本书对我来说太难了，我读不懂。”

“哦——”马克斯仿佛赞同地说道，“不过你的英语已经很棒了，你在哪里学的？”

“我爸爸教的。”艾哈迈德说着，心里不禁难过起来。

“他的英语很好吗？”

“他是英语老师。”

“他怎么了？”

艾哈迈德瞥了一眼“笼子人”的照片，他的身体架在悬崖上，俯视着苍茫的大海。他感觉自己此刻正和这人一般，处在悬崖边缘，如果说出答案，就会掉进海里。

“你可以教我英语吗？”艾哈迈德转移了话题，“那我就能读懂这本书了。”

马克斯惊讶又开心地笑了：“当然可以啦，我们可以一起读！我再给你带本字典，你可以查单词。在这之前，你先看其他书吧，这一本是关于发明超人的男孩的故事。你听说过他吧？来自其他星球的超级英雄！”

艾哈迈德激动地举起胳膊：“纳比尔·法瓦兹！”

马克斯晃了晃脑袋：“那是谁？”

“这是他工作时候的名字。”

“你是说克拉克·肯特？！”

“不是克拉克·肯特！在阿拉伯语中，他叫纳比尔·法瓦兹！”

“你看，这是只鸟儿，这是架飞机，这是边上飞着的纳比尔·法瓦兹对吧？”马克斯笑倒在一边，“也许在阿拉伯语中有个……”

艾哈迈德气愤地把马克斯推到地上。

“好吧，好吧！”马克斯笑出了眼泪，“纳比尔·法瓦兹！啃·模糊！（英语发音相似）”

艾哈迈德放过了马克斯，也笑得直不起腰。

“你还给我带了什么？”艾哈迈德假装傲慢地问道。

“这儿有一本……”马克斯从袋子里掏出另一本书，“《卡尔库鲁斯案件》，和《丁丁历险记》很像，或许在阿拉伯语里你可以叫它——”

“《丁丁历险记》。”

马克斯把书放到艾哈迈德的脑袋上，又拿出了一本：“伙计，最后一本。这是我搬来这里前，‘体贴’的爸爸妈妈给我的书。没有文字，只有图片。讲的是一个人来到新城市生活的故事……”

艾哈迈德笑笑：“布鲁塞尔吗？”

“不是真实的城市，不过感觉很像纽约。”

“你来自那里吗？”

“不，我住在华盛顿。”

“和布鲁塞尔像吗？”

马克斯苦笑：“不像。我给你看照片。”

两人坐在手机前，翻看着马克斯那些傻乎乎的自拍照以及和朋友们的合影。和艾哈迈德以前的生活很像——和朋友、家人一起外出玩耍。

“你有家人的照片吗？”马克斯问。

艾哈迈德失落地摇摇头。

马克斯翻到一张两个男孩坐在自行车上的照片，他们身后，孩子们背着书包，从红砖的建筑里一涌而出。

“这是你的学校吗？”

“是的。”

艾哈迈德羡慕极了。他瞅了瞅马克斯，惊讶地发现马克斯正看着这张照片出神。

“那是凯文和马利克，还有被我毁掉的自行车。”马克斯指着蓝色山地自行车说道。

“怎么毁的？”

马克斯望向艾哈迈德，似乎不知从何说起。他调整了一下呼吸，开始讲述事情的原委。他始终保持着微笑，仿佛没什么大不了的，但艾哈迈德能看出不是那么回事。

“每个人都生我的气，”马克斯低声说道，“但我只想成为一个值得信赖的人，成为别人的好朋友！”他的语气带着委屈，同时看向艾哈迈德，似乎在寻求认可。

艾哈迈德毫不犹豫地说：“马克斯，你就是我的好朋友！”

方丹警官再次拜访

接下来的几天，马克斯每晚都会送来食物和其他东西，其中包括一本英语字典。他还给艾哈迈德朗读《英雄少年》里的故事。第一章是讲述约翰尼·克莱姆的，他十岁就加入了联邦军队，十二岁射杀了胁迫他投降的敌军上校。马克斯觉得约翰尼的故事很感人，可艾哈迈德似乎无动于衷。或许是因为语言障碍？于是，他经常中途停下给艾哈迈德解释某个单词的意思或读音。后来马克斯意识到，艾哈迈德曾深陷真正的战争之中。他在换位思考后，感觉这个故事更悲伤了。

马克斯尽量避免谈及那个爆炸性新闻。报道里提到了巴黎袭击的主要策划者曾被驱逐到比利时，以及他是如何往返叙利亚的。其他三名恐怖分子（一名在逃）都曾住在布鲁塞尔的莫伦贝克附近，距离马克斯家仅有三英里远！

整座城市都笼罩在不安中，学校里也人心惶惶。清晨，校门一开，父母们就聚在一起交头接耳。马克斯注意到，一些带着头巾的妈妈常常用礼貌的微笑来掩盖令人不安的尴尬。

这天上课时，罗格朗夫人把上次的听写作业发了下来。马克斯拿到了 34 分。

“差不多一半都做对了，”法拉帮他订正的时候，用法语欣慰地说，“你很厉害！”

“谢谢你！”

“我都能读懂你的听写。”

“我以前写的字是不是很糟糕？”

法拉脸红了：“不，我不是那个意思。”

马克斯表示这只是句玩笑话，“我知道啦，我写的英文也不好看，不过在电脑上我写得不错。”

法拉扑哧一笑。马克斯希望放学后能和法拉一起玩，或者让法拉帮自己写家庭作业。他想再次听到她银铃般的笑声。但他很清楚，波林夫人肯定不答应。

“法拉。”他们身后传来奥斯卡的声音。

马克斯僵住了。自从上次打架以后，他一直躲着奥斯卡。他不喜欢奥斯卡挑衅的声音。

法拉转过身去，瞪着眼睛：“干什么？”

“不会吧？”奥斯卡故意说道：“你不知道她就住在莫伦贝克吗？”

马克斯差点儿跳起来打架，幸好罗格朗夫人及时赶到了。

“奥斯卡！”她吼道。

奥斯卡坐回椅子上，眯起眼睛，像是幸灾乐祸。

放学时，罗格朗夫人郑重地告诉全班同学——学校欢迎有着不同宗教信仰的学生，也相信孩子们会尊重每一个人。

回家路上，马克斯和波林夫人分享了老师的观点，还说想邀请法拉来家里做客。但波林夫人不屑地“哼”了一声。

“你以为这些人会尊重我们吗？他们希望得到我们的帮助，却又不认同我们的文化。总有一天，你会明白的！”她补充道，“有一天，欧洲会变成他们的！”

马克斯叹了口气。看来不能冒险让波林夫人和法拉交换意见。他希望法拉明白自己和父母对于不同宗教信仰都没有偏见，希望法拉愿意和自己一起玩。

巴黎恐怖袭击后，马克斯开始在网上看新闻。很多政客在指责袭击者，也有的提议给难民开放绿色通道。

第二天下午，马克斯回家以后读了一篇社论：《加强安检和边境控制》。这时门铃响了。就在波林夫人开门的时候，他关上笔记本电脑，冲到楼下。大厅里回荡着熟悉的声音。

“马克斯，你好！”方丹警官望向楼梯上的马克斯，友好地说，“我想我还是应该打个招呼。”

“先生，您好！”马克斯故作镇定，内心已经一团乱麻。

“你的法语说得很棒！”

“我只会一点点。”马克斯用英语说。

“你很努力了，不是每个人都能做到的。”

“您一定很忙吧？”马克斯想知道他为何而来。

方丹警官摘下帽子，用袖子擦了擦额头上的雨滴：“是啊，忙到头昏！”

“您得把那些难民都赶走！”波林夫人愤怒地说。

“夫人，要是这么简单就好了。欧盟不会同意的，不过我们已经加强排查了。”

“是不是有很多孩子？”马克斯忍不住问道。

方丹警官望着他：“是的，很多像你这么大的孩子，甚至更小。”

“他们就是暴力团体。”波林夫人补充道。

马克斯怯生生地说：“大部分难民看起来并不暴力呀。”

“他们激进的时候才会原形毕露。”方丹警官不以为然地说道。马克斯还没来得及回应，他就拿出了一张纸片，“我以前在这里住过，我想这个对你们来说或许有用。”

困惑的马克斯打开纸片，上面写着一个男人的名字和电话号码。

方丹警官笑盈盈地说：“他是个园丁，你把这个交给你父母。”说着，他大步流星地走进餐厅，指向窗外，“他会把花圃修理得整齐规则，秋天是种植鳞茎植物的最佳时间……”

马克斯忐忑不安，什么也听不进去。方丹警官真的仅仅是为了留下一张园丁的名片而来吗？他居然还知道马克斯的父母没有雇人修理花园！他究竟是猜到的，还是自己监视，或是从临近的房子窥探得来的消息呢？

“谢谢您。”马克斯举起那张纸反复说，“谢谢。”

方丹警官迟疑了一下，继续凝视着花园。马克斯知道他是在等待挽留！但马克斯什么都没说。

“我得走了。”方丹警官终于告辞了。可是，当他走进走廊时，在地下室门口停了下来，还把头伸进去瞅了瞅。

马克斯感觉腿都软了。

“我敢打赌，你的猫一定喜欢躲在这里！”

马克斯屏住呼吸，艰难地点了点头。

方丹警官微微笑着，仿佛回忆起了泰迪·罗斯福惊慌失措的逃窜。“我过去常常在那里捉迷藏。”

“再见！”走到门口，方丹警官才告别。

直到门关上，马克斯才松了口气。

艾哈迈德的不安

这天下午，艾哈迈德听到一声短促的敲门声，接着是沙沙声，一张便条从地下室门底下进来。他爬过去打开了便条。

“别出去！”

字迹潦草，署名是“马克斯”。

有人来了。艾哈迈德听见门铃响了，头顶上传来陌生的声音和脚步声。那是一个男人的嗓音，他一度离艾哈迈德很近，也许就在地下室楼梯附近。无论是谁，都是令马克斯大惊失色的角色。所幸那个人应该已经走了，因为艾哈迈德听到了前门关上的声音。

艾哈迈德乖乖地待在酒窖里。他读着书，等着马克斯来给他讲故事。

将近午夜，艾哈迈德终于再次听到轻轻的敲门声。他打开门，看见马克斯和往常一样，提着一个装满食品、书籍和其他用品的手提袋。

“发生什么事了？”他问道。

马克斯把袋子递给他，接着关好了身后的门。

“有个警察来了。”

艾哈迈德认真地思索着这个陌生的词：“警察？”

“别紧张。”

艾哈迈德感觉浑身发软，赶紧放下袋子。他的胃里开始翻江倒海，就像在海上时一样。

“我想他应该不知道你在这里。”马克斯说。

艾哈迈德仍然惴惴不安：“应该？”

马克斯坐了下来，拍了拍旁边的野营垫，艾哈迈德在他身边坐下。如果有个警察在四处窥探，他就不再安全了。

“他就是上次那个来核实我们身份的人。”马克斯解释说，“他爷爷曾住在这里，所以他对这里有种特殊的情结。”

“好吧。”艾哈迈德喃喃地说。

“别担心，他只是关心花园。他要我父母把它清理干净。”

“这里的确需要修整。”艾哈迈德赞同地说。

“他送来了一张园丁的名片。我觉得他应该什么都不知道。只是我担心他到处闲逛，才叫你不要出来。”

马克斯是对的，但艾哈迈德仍然觉得紧张。警察对这栋房子有某种特殊的兴趣显然不是什么好事。如果他小时候在这里玩耍过，那么肯定知道酒窖的存在。艾哈迈德尝试让自己平静下来。如果那个警察真的知道自己在这儿，怎么会不来检查呢？

“我不会出去的。”

“也就几天吧。反正外面在下雨。”马克斯安慰道，顺手去拿那本《英雄少年》。

艾哈迈德总觉得马克斯还有别的事没告诉他。

“巴黎的恐怖分子都落网了吗？”艾哈迈德问道。

马克斯翻到最新一章，头也不抬：“还没有吧。”

原来是这样，还在追捕中。政府可能在世界各地搜捕他们，包括比利时。

“想读书吗？”马克斯问。

艾哈迈德读着一个名叫约翰·库克的工会音乐家的故事，却心不在焉。因为这道追捕令，他得在酒窖里待几天。这也不算太糟糕——他现在有毯子、书、食物，还有朋友。兰花也长得更好了，新长出了一些绿叶，但日照时间越来越短，它们需要更多的光。

“约翰·库克刚刚放下号角，把受伤的军官带到安全的地方。”艾哈迈德停止了阅读，抬头看向马克斯。

“兰花缺少光照。你可以给我带盏灯来吗？”

“台灯可以吗？”

艾哈迈德忍俊不禁：“不是，我说的是生长灯！花卉专用的灯，光线就像阳光一样。”

马克斯不好意思地笑笑，“好吧，我能做点儿什么？”他站起来观察着那些植物，“你怎么知道这么多？”

马克斯不是第一次问起他的生活了，但艾哈迈德倒是头一次想回答。“我外公开过花店。”

“他还活着吗？”

艾哈迈德发现自己说了不该说的，低下了头：“没有。”

马克斯什么也没说，但艾哈迈德知道他想继续听下去。可把家庭故事告诉一个可以读出他的眼神、抛出问题的人，和告诉兰花不是一回事。

“它们还会开花吗？”

“我不知道。”艾哈迈德停顿了一下，坦言道，“但是，我会尽力的。”

令人焦灼的封锁令

巴黎恐怖袭击事件已经发生一周了。

周六早晨，马克斯醒来的时候，父母还在床上浏览当地的法语新闻，装甲车和佩带着突击步枪的士兵正在市中心巡逻。

“现在情况怎么样了？”马克斯关切地问道。

“下了封锁令，”爸爸说，“警方认为巴黎事件里的一个恐怖分子就潜藏在这里，正在全市搜捕他。”

“我们不能出去。”妈妈补充道。

“吃饭也不行吗？”马克斯说。

“他们说要远离商店，以及任何人群可能聚集的地方，”妈妈无奈地说，“地铁停运了，今天所有的公共活动都取消了。那家伙有武器，他可能会劫持人质！”

“我也听说了，”克莱尔走了进来附和道，“大家都在网上发怪异的猫照片。”

“猫照片？”马克斯有些疑惑。

马克斯以为克莱尔会对自己翻白眼，但从恐怖袭击的那个夜晚过后，她变得更有耐心了，她解释道：“为了保证警方行动的隐秘性，任何人都不能在社交媒体上公布警方的动向，所以人们就用猫照片来表明自己毫不畏惧。”

说不定这个逍遥法外的恐怖分子也曾被马克斯撞见过，说不定他还在网上发了猫照片。但现在，马克斯只担心艾哈迈德。

“我表达勇气的方式是去买些啤酒。”爸爸一边调侃一边翻找自己的衬衣，“可能的话，再买点儿薯条和沙拉。”

“迈克尔，你疯了吗？”妈妈严厉地喊道，嗓音因惊慌而变得尖锐，“我们必须待在家里——所有人！”

趁着父母争吵，马克斯偷偷跑下楼，在酒窖的门底下又放了一条纸条，上面写着“哪儿都别去，也不要去看兰花”。自从方丹警官闯进地下室后，艾哈迈德就没有离开过酒窖。

“马克斯，你在下面干什么呢？”克莱尔在地下室楼梯的顶端喊道。

马克斯跑回洗衣房。该找什么借口好呢？他想起了猫照片！

“找泰迪！”

妈妈正在尝试阻止爸爸的“啤酒远征”。

爸爸对封锁令颇有微词：“真是可笑！他们无视那些犯罪分子又不是一两天了……”

马克斯抚摩着壁炉，心里想着藏在下面的艾哈迈德。他可不是犯罪分子！如果在封锁期间，他被发现藏在马克斯家的酒窖里，谁会相信他是无辜的呢？尤其是方丹警官！马克斯闷闷不乐地想。

克莱尔上楼去了，妈妈建议马克斯也一起去。她想支开孩子们，这样大人们就能更自由地交谈了。但马克斯不敢离开。如果邻居们知道了酒窖的事怎么办？尽管他们平时不太可能突发奇想跑去那儿，但在这紧张的氛围当中，一切皆有可能。

父母和邻居们在交谈。马克斯聚精会神地听着。艾哈迈德得待在酒窖里直到封锁令解除。明天能解除吗？

“你觉得布鲁塞尔会封锁多久？”爸爸问。

“谁知道呢？”邻居阿尔诺说，“市政府看起来很努力了。”

另一个邻居弗洛里安摇了摇头，说：“但是表现过度，反倒引起恐慌了。”

“他们肯定有进展了，”妈妈说着看向马克斯，“这太疯狂了，特别是对孩子们来说。”

其他大人也看向马克斯。

“你怎么看，马克斯？”弗洛里安的太太伊内丝问道。

马克斯很想说——你们快走吧，我要去看看那个躲在酒窖里的难民！但他只是耸耸肩，说道：“希望他们快点儿找到那个人。”

这天直到半夜，马克斯才有机会去看艾哈迈德，并解释发生了什么。

“警方主要在莫伦贝克搜捕那个犯罪分子，在布鲁塞尔的另一头。”

艾哈迈德静静地听着，没有表现出太多的情绪，就像是个习惯了各种糟心事的倒霉蛋。

“那个警察又来了吗？”

马克斯想起大人们说的话，摇摇头：“他可能太忙了。”

还是换个话题吧。

马克斯掏出手机，给艾哈迈德看照片——穿着军装、携带小型机枪、骑在风暴骑兵背上的猫咪们在布鲁塞尔上空飞跃。

“你的猫也拍照了吗？”艾哈迈德笑着问道。

看到艾哈迈德的笑容，马克斯如释重负：“泰迪最近身体不太好。”

泰迪不配合拍照，给它戴上蝙蝠面具时，它不是撕咬就是扔掉。

“它可能觉得面具很恐怖！”

“看，还有我。”马克斯露出手臂内侧的抓痕。

艾哈迈德认真地看着伤口，说道：“在人猫大战中负伤，敬佩您的勇敢！”

马克斯笑了笑，说：“下次你来阻止它！”

他们彼此打趣着，这让马克斯离开的时候心里舒坦多了。“我觉得周一肯定能解除封锁。”他说。

但是没有。

学校停课、地铁停运，父母都被建议在家工作。波林夫人来不了，学校没有作业，父母要么工作，要么讨论新的警报，因此，马克斯可以整天看电影、玩平板电脑，而且和克莱尔在一起也没以前那么糟了。本来他应该好好享受这次休假，但他始终无法集中注意力，即使看着最新的《美国队长》。

警方的搜捕活动延伸到了更多地方，甚至包括他家旁边的一个社区。汽笛声就在不远处。他很担心方丹警官来家里搜查。

周二，封锁持续，毫无解除的征兆。马克斯好想外出，就算去“悲惨学校”也行啊！艾哈迈德更惨，他已经被困不止四天了！他只能靠听声音来了解外面的世界——校园里的叫喊、飞机的轰鸣、警笛声、汽车喇叭声和施工的噪声……马克斯无法想象这是什么样的感受。他觉得艾哈迈德的过去和他害怕被送去的地方，一定更可怕，所以他才宁愿像现在这样生活。

当然，崩溃的不只有马克斯。这天傍晚，爸爸说他必须出去，还让马克斯和他一起去。妈妈不停地叮嘱：“要远离公共场所！”于是他们保证只去杂货铺。

11 月的下午，空气潮湿而寒冷，但只要走出屋子，就是一种解脱。马克斯大步流星地走向山下的商店。他一直很讨厌购物，但现在，怎么样都比关在家里有趣。他们装好东西离开商店的时候，听到一阵骚动。

街对面，一个年轻的男人双腿张开站着，他伸长胳膊。一名警官正在轻拍他。

马克斯立刻认出是方丹警官。

“别动，别动！”他用法语对年轻人说。

几个路人小心翼翼地绕过他们。

“发生什么事了？”马克斯问爸爸。

“不知道。看起来他们在找嫌疑犯。最好别跟妈妈提这事，否则她不会再让我们出门了。”

爸爸爬上山坡，马克斯却待在原地，他没法移开视线。

那个年轻人想解释什么：“我正要去……”

“你的身份证呢？”方丹警官粗暴地打断他的话。

“我这就给你，”年轻人说，“但我必须用手拿出来啊。”

方丹推了他一把：“拿吧！”

又休息了一整天，马克斯的脑海中一直回放着那个画面，尤其是方丹警官愤怒的声音，他甚至不让年轻人说话！晚上，马克斯决定再试着问问艾哈迈德的经历。

阿勒颇的记忆

酒窖里，马克斯网购得来的生长灯发出淡紫色的光，照亮了墙上的蜘蛛网。艾哈迈德把兰花搬进来和自己待了几个小时。他小心翼翼地用报纸包住兰花，给它们保温，还让马克斯带了一台电扇来，以保持空气流通。他告诉马克斯如何给兰花浇水，根才不会腐烂——确保温度在 18 摄氏度以上，还有，夏天不能把它们放在太阳下晒着。艾哈迈德居然知道如何照料这么脆弱的植物，他才十四岁！马克斯对此感到不可思议。

艾哈迈德已经开始阅读《英雄少年》的第三章了，主角是埃德温·贾米森，他曾参加了莫尔文山战役。这不是个令人振奋的故事，马克斯没怎么细读。他听着艾哈迈德的朗读，好几次想要打断艾哈迈德，问他一些问题，但都犹豫了。

艾哈迈德读到埃德温被一发炮弹击中身亡的片段时，他停了下来，忧伤地望着埃德温的照片。照片很清晰，埃德温直视着镜头，他的眼睛又大又温柔。

艾哈迈德张开了嘴，却什么也没说。他看向马克斯。

“怎么了？”马克斯问道。

艾哈迈德眨眨眼睛，转身朝兰花走去。

“炮弹和炸弹一样。人们被直接砸中，仿佛感受不到疼痛。”

这是爸爸告诉他的。艾哈迈德简直不敢相信，已经快一年了。

“你在说谁？”马克斯轻柔地问。

艾哈迈德转身面向马克斯。“我们住在阿勒颇，”他终于开始讲述自己的过往，“你知道阿勒颇吗？”

马克斯摇摇头。

“叙利亚最大的城市。很古老。还有很著名的古老清真寺，以及世界上最大的集市。”

广阔的大清真寺、千年尖塔、麦地那露天广场，这些都是众所周知的旅游景点。还有那个丝绸和螺母等商品应有尽有的市场，足足有十三千米长呢！如今，它们都变得无法触及了。它们消逝了。在生活的追赶下，某个地点或某段时光变成了永恒的回忆。现在，艾哈迈德只记得一些模糊的片段——在茉莉花的香气中，他沿着蜿蜒的鹅卵石小道去学校；为本市的冠军足球队喝彩；操场上的石榴树、落在树枝上的鸽子；帮外公修剪玫瑰，给他苗圃里的梨树和枇杷树浇水；斋月的夜里，在漫长的为塔拉祈祷之后，他和妹妹们一同玩耍，品尝糕点；爸爸带他去古城欣赏苏菲派音乐家吟唱阿勒颇的古诗：“为什么你教我爱，又离开我，在我爱上你的时候？”

“我十一岁那年夏天，战争开始了。一天清晨，万籁俱寂。突然，一发炮弹在我家附近的街道上爆炸了！”

艾哈迈德还记得，那天在爸爸的指导下，大家从窗户逃生。爆炸的方向正是他的好朋友哈桑家所在的位置。艾哈迈德焦急地张望，只见一团灰白色的尘烟在房子上空盘桓。爸爸和邻居们从楼顶的废墟中徒手爬出来，到处都是凄厉的哀号。难以置信，房子被毁了，那天清晨还抱着一袋面包回家的哈桑也消失了。

阳光依旧明媚，夏日的空气中散发着咖啡的香味，摩托车的引擎声轰鸣着，著名的歌手法兹美妙的声音从远处的收音机里传来。艾哈迈德望向邻居家的花园，熟悉的橘子树一如既往的纤细羸弱，枝条因沉重的果实下坠着。有那么一瞬间，艾哈迈德感到心安，生活似乎没有变化，可那原本房屋林立的地方现已空空如也，如同一个残缺的齿轮。

“之后的几天，炮火愈演愈烈。许多人带着全部家当坐上小轿车、公共汽车，甚至摩托车离开了那里。加油站很快就没有足够的汽油了，我们只好先待在我爸爸任教的学校里。”

有的儿童和老人挤在堆满床垫、地毯的货车和平板车里；有的一大家人摇摇晃晃地挤在一辆摩托车上，就像绝望的马戏团；还有的人背着孩子和沉重的麻袋徒步逃难。他们都在努力逃离那个危险之地。学校应该还算安全，爸爸觉得城外的难民营可能会成为袭击的目标。因此，他们在学校里等了几天，等到炸弹不那么频繁再出去。

“过了几天，稍稍平复了些，我们回家了。房子都倒塌了，商店关门了，路上很少有车辆行驶，但我们的家还在。”

艾哈迈德觉得马克斯是无法理解他们当时的心情的。当他们跌跌撞撞地走进房间时，妈妈眼里噙满了泪水，妹妹们几乎晕了过去。电视机、爸爸的电脑、桌子和椅子，翻倒一片。一股臭味从厨房飘出来，断电后，冰箱里的食物都腐烂了。而且，妹妹贾斯敏发现马桶不能冲水了。

“问题太多了，没水、没电，也不能打电话。”艾哈迈德说，“爸爸妈妈原本准备离开的。他们整理了照片、文件、衣服。但那天晚上没有轰炸，而且大家都太累了，我们就留下了。”

次日破晓时分，一家人就起床了。太阳升起后，邻居们也逐渐回来了。几个小贩推着手推车，几个邻居正在检查一个在十字路口堆着的沙袋。收音机响起时，婴儿被吓哭了。看起来生活似乎能回归正轨了。但这只是假象。父母和妹妹们坐在地板上，沉默地吃着不新鲜的面包和无花果酱。没有人想离开这里。枪声突然响起，四处回荡，他们停止了咀嚼，屋外一片寂静。等枪声停下，大家又开始吃东西。

“爸爸不愿意离开他的学生，”艾哈迈德说，“我们决定不走了。”

不过，他们并没有彻底决定留下来。门口放着一个收拾好的应急包。日复一日的枪声成了日常生活熟悉的背景音乐。一些商店重新开张了。他们和一位邻居一起买了发电机，以提供足够的电量驱动冰箱。艾哈迈德帮外公在苗圃里种了些菜，有南瓜、蚕豆、土豆等。水龙头能用的时候，他们会储备充足的水，还会带些容器到大型供水站装水，以便停水的时候也有水可用。因为出门太危险了，孩子们只能在室内玩耍。艾哈迈德还给七岁的贾斯敏和三岁的诺里发明了室内游戏。

“夏天结束以后，我回到了学校。”

老师换了一半，学生也走了一大半。有的人已经遇难了，比如哈桑。大多数人逃到了别的国家。艾哈迈德花了几周的时间，重新组建了一支足球队，因为原来的足球队中锋失去了一条腿，守门员遇害了，左翼和中卫去了土耳其。某些日子里，步行五个街区去学校是件极危险的事，所以爸爸就在家里给他和贾斯敏上课。而能去上学的时候，说明这一天是安全的，这令艾哈迈德欣喜。可惜好日子并没有持续多久。

“第二年春天，学校被炸了。好在当时学校里没有人，但建筑都被毁了。在那之后，我就只能待在家里了。”

“在家里安全吗？”马克斯问道。

“没有轰炸的时候是安全的。”

艾哈迈德惊讶地发现，大家都开始适应那种环境了，而他还没有克服对炸弹的恐惧。当听到直升机的轰鸣声时，大家都会跑去避难所。但如果听到的是轰炸声，连诺里都会立刻跑到家里最安全的地方——洗手间。一家人挤在浴缸里，爸爸和妈妈护着孩子们。艾哈迈德手心出汗，呼吸急促。夜里，他常常梦到四分五裂的尸体。他常常凝视远处，忘记自己要做的事。诺里也常常尿床。一天，一颗炸弹击中了外公的苗圃。幸好外公去帮别人种花了，没在苗圃里。但是苗圃的损坏对外公的打击不亚于几年前外婆的离世。

“我外公有心脏病，他和我们住在一起。妈妈不想离开外公，她担心如果我们都走了，外公一个人会出事。”

每天大约有两个小时能用电。妈妈会看看她的邮箱。她读到了一些新闻，说在更为封闭的北方，滞留在边境的家庭正忍受着难以想象的困境——发霉的食物、频繁出没的虱子，以及在酷热中无法使用厕所。

“后来，我爸爸在地窖里为他的学生开设了秘密课堂。”

马克斯环视了一下酒窖：“像这里一样吗？”

“是的。”

艾哈迈德第一次怀疑这里是不是秘密课堂的一部分。

“你也去了？”

“我有时去，但爸爸总说我出去太危险，有些恐怖分子想要十岁以上的男孩子帮他们战斗。所以我不去了，在家帮妈妈做做家务。去年的冬天很难熬，那是这些年最寒冷的冬天。”

为了暖和一些，一家五口挤在大床上睡觉。艾哈迈德能清晰地看到自己呼出的水雾。街上垃圾成堆，水管爆裂，水坑也结冰了。买面包的队伍越来越长，人们因为插队而争吵。爸爸有时不得不把课停了，为了买面包，在寒冷的雨中等上十二个小时。学生越来越少了。每天都有各种传闻，诸如飞机轰炸了学校和医院、某个家庭被处决了、平民被杀害了，等等。爸爸看着应急包，思考着是不是该离开。但妈妈想等到春天。听说土耳其难民营的帐篷很单薄，没有暖气，食物也不足。“待在家里至少还有围墙。”妈妈说。爸爸无法反驳。而且，外公睡觉的时间越来越长了。

“冬天很容易生病。”艾哈迈德解释道。

诺里病得起不来床，一直在发烧和咳嗽。艾哈迈德和贾斯敏患了一种奇怪的皮疹，爸爸怀疑是水污染引起的。但去看医生太危险了。经过几个可怕的夜晚，诺里终于好起来了。接着贾斯敏又发烧了，她那乌黑的大眼睛下，两侧面颊通红通红的。她长得非常好看，但也很脆弱，或许美丽的事物都是脆弱的。她不像艾哈迈德和诺里那样会做噩梦或尿床，遇到炸弹轰炸时，她会大声哭泣。她会为陌生人的死哭泣，甚至为被当作靶子的流浪猫哭泣。

“3 月的一天，我求爸爸带我去买机油，那是我们用来做饭的。有了机油，妈妈就能做出特别的周五餐了。贾斯敏好多了，但还是很虚弱。她和诺里、妈妈以及外公待在家里。”

艾哈迈德离开家的时候，诺里靠着贾斯敏，正在喂她吃面包，妈妈蹲在炉子边煮茶，外公在用颤抖的手指移植兰花。他们说了些告别的话，但那些话太平常了，艾哈迈德已经不记清了。

爸爸走在艾哈迈德前面，就像一面安全无比的盾牌。两个男孩在拱道下玩弹珠。突然一阵枪响，父子俩跑了起来，但男孩们若无其事地继续玩耍。一只饥肠辘辘的小狗跟了他们一会儿，直到被爸爸赶走。他们爬过夹在两座建筑物之间的废弃公共汽车，汽车的窗户被风吹得粉碎。接着，他们避过了狙击手的视线，悄悄穿过挂在晾衣绳上的白色床单。

“我们听到头顶传来飞机的轰鸣和炸弹坠落的声音，非常快。我看见灰色的烟雾出现在我家上空。我往家的方向奋力跑去。爸爸一直朝我吼，叫我停下来。但我无法阻止自己！”

头顶还盘旋着一架飞机，但艾哈迈德顾不上。他沿着空无一人的街道向家奔去。刺鼻的灰尘包围着他。初春的太阳消失在薄雾中。他跌跌撞撞地走进烟雾里，呼喊着他的家人：“妈妈！贾斯敏！诺里！外公！”就在他爬进废墟之前，有人抓住了他。是邻居，一位老先生。艾哈迈德一直不喜欢他。老先生曾经因为艾哈迈德在他的窗户下踢足球而呵斥，还因为吸烟多年而经常咳嗽、吐口水。现在，他以惊人的力量抓住了艾哈迈德。

“别上去。”他一边咕哝着，一边提着艾哈迈德的耳朵离开。

几秒钟后，爸爸追来了，凄惨地号叫着。老先生并没有阻止他在废墟中挖掘。爸爸的哭声证实了艾哈迈德的猜想。

艾哈迈德闭上眼睛，一颗泪滴落下来。“炸弹直接击中了他们。”他轻轻地说。

“现在没事了，”马克斯轻声说，“想哭就哭吧。”

艾哈迈德睁开眼，望着马克斯：“爸爸说他们没有感到疼痛。但他是怎么知道的呢？”接着，他大声抽泣起来，就像贾斯敏曾经那样。

第三章

疯狂而伟大的冒险

马克斯的决心

又过了一天，封锁终于结束了。尽管恐怖分子仍然逍遥法外，但警方声称他应该已经离开布鲁塞尔了。不过马克斯觉得，这只是因为政府官员和他一样厌倦了被关在家里。

幸福学校大门口守着一名警察，家长均不得入内。这个消息令马克斯的妈妈稍稍安心了，她原本不想把马克斯送回学校的。幸好门口的警察不是方丹警官，马克斯想。

在车库门口，妈妈意外地给了马克斯一个深情的拥抱。

马克斯推开妈妈，喃喃道："对我来说，班里那个讨厌的男孩可比恐怖分子更危险。"

妈妈眉头紧蹙："你没说过有人欺负你啊。他干了什么？"

"只是些玩笑，"马克斯撒谎道，"没什么大不了的。"

妈妈严肃地看着他的脸："马克斯，别委屈自己，好吗？如果他一直这样，告诉我，我会跟罗格朗夫人反映的。"

马克斯很后悔提起这件事，他可不需要妈妈的维护。"真的没什么。"

妈妈点点头，似乎相信他可以。可马克斯觉得，她大概只是不想再面对任何棘手的事情。

"或许他只是想和你做朋友？"她说，"有些男孩不懂怎么表达感情……”

马克斯很想提醒妈妈，她的学校经验已经是一百年前的事了，她可不懂现在的孩子在想什么，也不可能理解奥斯卡那样的“暴徒”。但他只是笑着说：“是啊，也许吧。”

分别之前，妈妈轻轻地吻了他。

“放心吧，”他安慰道，“我不会有事的。”

妈妈不是唯一对恐怖袭击感到紧张的家长。好几个同学都没来上课，包括法拉，原因是部分地铁线路仍未恢复，不过也有可能是因为他们的父母太过担心了。

马克斯很后悔没有留下法拉的电话号码。他想发短信给她，讲述封锁解除后的学校有多反常——每当外面有警笛声或是巨大的噪声，所有人都会坐立不安。他转念一想，这种经历与艾哈迈德过去的生活相比，根本算不上什么。他无法想象，如果炸弹击中了克莱尔和妈妈该有多可怕。他想到艾哈迈德还失去了爸爸，更不是滋味了。他想问问具体的经过，但他明白，得等艾哈迈德做好心理准备才行。

罗格朗夫人在讲解方程的知识。数学总是有规律可循的，就像方程必须平衡才有意义。那么，艾哈迈德的生活有什么意义呢？马克斯想，或许大多数人一生都无法体会到艾哈迈德百分之一的悲惨。为什么人与人的生活会有这么大的不同？马克斯想起了爸爸说过一千遍的话——生活本就是不公平的。想到这里，他感到愤怒，因为这是一个眼睁睁地看着别人成为失败者和受害者的借口，而不是试图去改变什么。可自己又能做些什么来改变艾哈迈德的生活呢？

课间休息时，马克斯爬上篱笆，远远地看着自己的家。一缕斜阳穿过云层，照亮了花园。葡萄藤缠绕，灌木丛生，落叶满地，鲜绿色的鸟儿在枝头唱着欢快的歌。马克斯想象着艾哈迈德待在酒窖里，就像马格利特绘画作品里的囚犯。

“你在干什么？”

一个刺耳的声音在身后响起。马克斯跳到地上，准备应对麻烦。但今天的奥斯卡看起来很累的样子，或许是因为熬夜看新闻了吧。

“我看看我家。”

“你害怕？想回家？”奥斯卡嘲讽道。

当然不是！但马克斯没有争辩，只是简单地说道：“不是。”

奥斯卡一言不发。他想干什么？马克斯思索着。该不会像妈妈说的那样，他是想和自己交朋友吧？不可能。也许奥斯卡只是在等他说点儿别的，以便找到找碴儿的借口。但他恐怕要失望了，因为眼下没有什么能激怒马克斯了。

马克斯平静地看着奥斯卡，直到他走向别处。

一定要找到办法把艾哈迈德救出来。马克斯暗暗下决心。

寻找马格利特

整个欧洲都处于戒备状态。马克斯拿来包兰花的英文报纸上都在报道这一消息。警察和保安无处不在，去不了加来或其他地方。艾哈迈德只好把注意力集中在酒窖的日常琐事上。随着时光流逝，外面的世界似乎消失了。他每天进行英语阅读、照料兰花、吃简餐。马克斯去学校的时候，他就欣赏“笼子人”的图片。他注意到一个隐蔽的细节，那个人的红斗篷那么大，遮住了半张脸，那他是如何把破旧的行囊背上的呢？

家里没人的时候，艾哈迈德常常躲在储藏室的窗帘后面，贪恋地望着外面的花园。白天越来越短。在黎明到来之前，马克斯和其他家人就摸黑去上学或上班了。下午三点半左右，太阳落山，马克斯差不多也在这个时候回家。黑夜越来越长，但艾哈迈德不介意，阴影能给他带来安全感。

已经是 12 月中旬了。一个周二的下午，前门打开了，艾哈迈德以为马克斯和波林夫人一起回来了。他听到马克斯大喊着自己的名字，惊慌得不敢回应。那个警官也来了吗？自己被发现了吗？他紧张地抓起备用包袱，匆匆跑到门口。他打开门，却发现只有马克斯。他穿着外套，抱着蓬松的大衣和一顶条纹帽子。

“发生什么事了？”艾哈迈德低声问。

“你不用小声说话，”马克斯说，“波林夫人今天没有来。”

“她去哪儿啦？”

“有一趟地铁停运，她早上打电话来说今天不能来了。”

“你爸妈呢？他们同意你自己在家？”

尽管马克斯已经是个大孩子了，但他的父母从来没有把他单独留在家里过。

“是我接的电话，我没告诉他们。现在离克莱尔回来还有两个小时。我们得赶紧走了。”

艾哈迈德困惑地跟在他身后：“去哪儿？”

“这是个惊喜。”

“那个警官呢？如果他看见我怎么办？”

马克斯满脸笑容：“他在当地警察局工作，我们不在他的管辖范围内。如果遇到他，我就说你是我的同学。别说太多。”

“但是……”

“听着，你得出去走走，就几个小时。我带你看样东西。和我在一起，你很安全。来，这是我爸爸的外套和帽子。外面很冷。”

艾哈迈德的直觉告诉他不该出去，但一想到外面的世界，他就觉得美妙生活在向自己招手。他安慰自己说封锁暂时结束了，再说还有一个美国男孩同行呢，而且他也想知道马克斯要带自己去看什么。他穿好外套，拉低帽子，跟着马克斯上了楼。

对于艾哈迈德而言，这是一次特别的体验，好像这里就是自己的家，他走出大门，站在屋前，等待马克斯解开拴在邻居家大门上的红色山地车。夕阳下，屋顶上映出被染成黄色的云朵的倒影。空气有些潮湿，艾哈迈德深吸一口气，然后呼出。

马克斯推着自行车在人行道上走了一会儿，然后握住车把，骑了上去。“坐上去，抓好我的肩膀。”

艾哈迈德照做了。

马克斯把车骑下人行道。自行车摇摇晃晃的，像是要翻倒。马克斯把脚踩在踏板上，稳住了自行车，也加快了速度。

艾哈迈德想起从前在故乡时，他常常坐在爸爸的自行车后架上，死死地拽着爸爸的衬衫，刺激地冲上陡坡。突然，自行车慢了下来，他也结束了回忆。

下坡时，马克斯没有蹬踏板，自行车自由地向前跑着。在斜坡尽头，一个喷泉池已经干涸的公园映入了眼帘。

“这是五十周年纪念公园。”马克斯解释道。他骑上公园边的一条自行车道。

艾哈迈德透过大门，凝视着里头一座巨大的拱门，上面悬挂着青铜制成的马车。他们经过跑道、球场和其他场地。这是他第一次在白天游览布鲁塞尔。刚刚过去的一块场地上有个尖塔，新月正静静地在卧在上方。艾哈迈德盯着那个圆形的白色建筑物，突然觉得自己不属于这里。

“那是布鲁塞尔的大清真寺。你想进去吗？”

艾哈迈德摇摇头。如果被警察看见就大事不妙了。马克斯骑到一条两旁都是办公楼的大街，街上挤满了人。他骑着车，一言不发，不断转身看看旁边的小汽车和公交车。悬挂着欧盟旗帜的办公楼前站着警察。艾哈迈德偷偷观察着每个警察，尽量不引起注意。

“那是欧盟委员会和欧洲理事会。”马克斯做起了解说员。

四周都是建筑物的巨大玻璃和水泥路障，其间停着四辆军车，里面坐着士兵，有的伸着懒腰。有一瞬间，艾哈迈德觉得自己仿佛回到了战争开始时的阿勒颇。虽然士兵们没有注意到他，但他还是感到一阵头晕目眩。

马克斯骑过一座桥，经过某个写着巨大的英文单词“疯狂”的建筑物，又经过地铁站入口处。每当有行人走到自行车道上来，马克斯就拨响车铃。艾哈迈德兴奋极了，他终于能出来呼吸新鲜空气了，虽然天气寒冷。他仰头望着昏暗的天空。想到家人纷纷离世，他感到痛苦，但至少自己还活着。

他们穿过一个满是私家车和出租车的大型十字路口，车灯璀璨夺目。不一会儿，柏油路变成了鹅卵石道，他们进入了遍布老式街灯的广场。广场一侧是一座有着罗马柱、圆顶钟塔和十字架的宏伟建筑。

马克斯把车停到对面的人行道上，跳了下来。“那是皇宫。”他说。

“我们要去那里？”艾哈迈德问道。

马克斯转过身来，指着身后一座方形的古典建筑。“不，我们要去的是那边。马格利特博物馆。我们去看看你喜欢的那幅画。”

艾哈迈德诧异极了。就为了看一幅画，他们冒着风险走出了酒窖，太疯狂了，很符合那幅“疯狂”涂鸦。

“怎么样？”马克斯问道。

“我喜欢这儿。”艾哈迈德笑着说。

马克斯锁上自行车，带着艾哈迈德走进一个宽敞的大厅。他们得经过金属探测器的安检。艾哈迈德的心怦怦直跳，很担心会被警卫拦下来。还好警卫和机器都没有反应。他跟着马克斯到了另一个大厅的服务台前，马克斯买好票，问了路。他们看起来只是爱好艺术的普通游客而已。

“我也是第一次来。”马克斯说。

两人走进一部房间大小的电梯，把票交给服务生，直通顶层。透过玻璃窗，可以俯瞰整个布鲁塞尔——童话塔、古欧洲广场、现代化的办公大楼和圆顶体育场。几个月来，艾哈迈德都藏在地下，突然站在这么高的地方，他感觉非常奇妙。

“准备好了吗？”马克斯问道。

他们穿过一扇玻璃门，走入挂着璀璨标牌的展览大厅，上面用法语、荷兰语和英语讲述着雷内·马格利特的故事。艾哈迈德开始读英语：“马格利特出生于比利时埃诺，是利奥波德和瑞嘉娜的长子。他十二岁时，妈妈在桑布尔河里溺亡。她的尸体被发现时，睡衣遮住了脸颊。”

“溺亡”这个词就像一把锤子，沉重地击打着艾哈迈德的心。

“你能看懂吗？”马克斯关心地问。

完全可以，艾哈迈德想说。但他只是点了点头，然后走向了马格利特的作品。在一幅画上，有一堆杂乱无章的城镇房屋，有的是这里的风格，有的像阿勒颇的建筑那样颠倒着；在另一幅画上，海滩上有一个空画框，灰色的大海在画框后变成灰色的天空；还有一幅画上，一个人睡在木箱般的棺材里，一块巨石压在他上方。

他们逐层游览着。艾哈迈德从这些梦幻的画作中，从所有被围巾遮住面孔的妇女照片中，看出了马格利特对妈妈的思念。

走到最后一层，只有一家礼品店。

马克斯皱皱眉头：“没看到你的那幅画。是不是我们错过了？”

艾哈迈德知道肯定没错过，但马克斯坚持要问问礼品店的工作人员。得到答复后，他有些抱歉地对艾哈迈德说：“对不起。她说那幅画是私人藏品。”他感到极度失落。

“不用道歉。我超喜欢这里。”艾哈迈德并不介意，对他来说，马克斯有这份心意已经足够了。

马克斯看了看手表：“我们最好马上回去。”

“等等，”艾哈迈德突然说，“我想看看另一样东西。”

上学计划

马克斯骑行在大道上。

艾哈迈德说出了那些尘封已久的秘密。他告诉马克斯，那个可怕的夜晚，他是如何把手机交给蛇头的、爸爸的手表是如何被要走的、他又是如何拼死逃脱的。然后他指着三个月前爬过的那座房子。那天夜里，邻居的灯亮着，他爬上花园的墙，浑身湿透，跌跌撞撞，穿过杂草丛生的灌木丛，走向地下室。似乎是命运的安排，门没有锁。

马克斯听着故事，把自己想象成艾哈迈德。但他很快回过神来。几秒钟后，他踩下刹车，将车停在了学校门前。其实外面没什么可看的，无非是些水泥墙、窗户、地板。教学楼里还亮着灯，但门已经锁上了。

最近一直在施工，已经到了善后阶段。两人把脸贴在玻璃上，看到了棕色的门厅瓷砖地板和丢得到处都是的塑料盒。马克斯觉得自己再次让艾哈迈德失望了。

艾哈迈德把脸从玻璃上挪开时，表情轻松，眼中似乎闪着光：“我在学校后面看了几个星期，现在终于知道前面是什么样子了。”

如果是三个月前，马克斯肯定难以理解这种心情。如果他能不去学校，如果可以在家里待上一整天，或是出去玩水雷潜艇，他会开心得跳起来。现在，他经历了漫长而无聊的封锁期，知道学校停课不是因为度假或下雪，而是因为安全问题，他完全理解艾哈迈德为什么要看看学校。

“你上过几年学？”他问艾哈迈德。

“真正的学校吗？三年。”

马克斯感到不可思议：“你是什么时候离开叙利亚的？”

“轰炸开始一个月后。我去了土耳其的难民营。那儿有学校，但是人太多了，我们无法留下。我在一家面包店帮忙，爸爸去建筑工地工作，赚到钱我们才可以买假护照，找蛇头来欧洲。所以我没有时间上学。”

马克斯把脸贴在玻璃上，假装去开门，其实是想隐藏涌出的泪水。他把上学视为理所当然的事，现在才知道，自己这么讨厌上学，对有些人来说，却是一种奢望。马克斯难过地凝视着自己的影子，愤怒的抗议悄然溜到了嘴边——这不公平！艾哈迈德也应该上学。他转过身，一个疯狂的想法浮现在脑海中。

“你还想去上学吗？”

艾哈迈德浓眉紧蹙，接着笑了，似乎觉得马克斯在开玩笑。

“我是说真的，”马克斯说，“你在 1 月入学报到怎么样？”

艾哈迈德微笑着摇了摇头：“我没有证件。”

“你有假护照呀，”马克斯激动地说，“它能让你走这么远，学校承认它的概率应该也很大。而且，比利时的外国小孩身份证只是一张带照片的纸而已，甚至不是电子的！我们可以自己做一个。”

马克斯知道这个主意不现实，但不管多疯狂，有计划总比什么都不做强。艾哈迈德一定也是这么认为的，因为他在来回踱步。

“如果我能在天亮前从后门跑出去而不被看见的话……”

马克斯点点头：“我可以保证，没人会注意到你的。放学后，你再偷偷溜回来。”

“那个警官怎么办？”

“就像我刚刚说的。如果他看见你，我就说你是我最好的朋友。两个孩子在花园里嬉闹可没什么大不了的。”

艾哈迈德笑了：“我们会是很好的朋友！”

“两个不会说太多法语的外国孩子成为朋友，这很合理！”

能成功吗？马克斯认真地想了想，觉得这个办法是可行的。艾哈迈德回到学校就能改变生活状态，这太重要了。

马克斯在自行车上朝艾哈迈德挥手说道：“我们先做个身份证吧！”

从前在家里的时候，艾哈迈德和诺里经常玩一种游戏。“床就是一艘宇宙飞船，”在所有人进入梦乡前，诺里说，“我们是太空游客，要去很远很远的星球。”贾斯敏不感兴趣，只有艾哈迈德会陪诺里玩。他是个大孩子了，已经过了相信这些的年纪，但他很喜欢这种冒险的感觉——床从黑洞或某颗爆炸的恒星中跑出来，在木星周围飞来飞去。诺里离开后，他就再也没玩过这种游戏了。他一直“紧贴地面”，小心翼翼地越过国家和城市、海洋和公路、田野和山脉，再也感受不到“飞行”的乐趣了。

现在，马克斯的疯狂计划唤醒了他的心。他再次感受到了希望之光的召唤。没错，行动起来。他不能什么都不做，就躲在酒窖里，等待不知道什么时候会降临的机会。他要自己去追寻机会，追寻希望之光。

艾哈迈德就像一位伪造专家似的，研究着马克斯的身份证。马克斯就坐在他旁边，专注地看着。

“看起来不是很难，对吧？”

身份证太简陋了，没有任何水印或芯片。但真要做起来，也不是毫无挑战性。

“需要同种纸张、匹配的字母，还有这个，非常重要。”艾哈迈德指着照片上的圆形印章。

马克斯点点头：“这是公社印章。不过别担心，一定有办法伪造一个。”

这看起来就像一场荒唐的游戏。成千上万的人铤而走险，为了远离战争和荒地，他们伪造身份证件，为自己博取一个全新的未来。如果证件是那么容易伪造的，难民营和拘留中心也不会挤满难民了。艾哈迈德暗暗假设所有的事情都是有可能的，就像他和诺里玩的游戏一样——去往木星、遨游银河系之外，甚至和马克斯一起去上学。

“你有电脑吗？”

“可以用我的平板电脑，正在客厅充电。”

艾哈迈德站起来：“对了，咱们什么时候回来的？”

“五点十分。”

这意味着二十分钟后，克莱尔就要回来了。他们气喘吁吁地跑上楼。客厅已经黑了，他们抱着平板电脑坐上沙发。马克斯打开它，屏幕上闪烁着生命的光芒。

“谷歌，”艾哈迈德焦急地说，“那个单词怎么输入来着？伪——”

“伪造，”马克斯飞快地打着字，“看来你可以用半熟的土豆刻印章。”

艾哈迈德哭笑不得。

“看起来挺疯狂吧？还有人说可以用蜡。”

“蜡烛可以吗？”

“没错，”马克斯从沙发上跳了下来，“我们必须要有蜡烛。”他跑进厨房，回来时拿着一把生日蜡烛、一个烤盘、一盒火柴和一个小钩子。

“这是什么？”艾哈迈德问道。

“龙虾叉，”马克斯说，“这将是刻蜡的完美工具！”

艾哈迈德忍俊不禁，“你简直像个锻造大师。”

“伪造，”马克斯纠正道，“计划大概是这样了。我会努力把纸和字体匹配起来。你得好好刻章，再拍一张自己的照片。地铁站有个能拍证件照的小店。周六下午，我爸妈会带我们去逛圣诞市场。那是个绝佳的机会，你能溜出去了。千万留心那个方丹警官！”他眯起眼睛，“你也该去理发了。”

“你是认真的吗？”艾哈迈德挠了挠自己蓬乱的头发。

马克斯笑道：“你的头发看起来很疯狂呢。”

艾哈迈德顾不上揶揄，说道：“我不是在说头发。”

“当然。我是认真的。”

“但……但是，这是不可能的。”艾哈迈德心中的光暗淡下去。他告诉自己，是时候停止做梦，结束这幼稚的游戏了，就像——诺里死了，她从来都没有离开过阿勒颇，从来都没有去过木星。

“为什么不试试呢？”

因为他是个只能躲在地下室的非法难民，而且，警察正在到处搜寻恐怖分子！

“就算我们伪造了身份证，我怎么去上学呢？我没有父母。”

“不一定需要。”

“什么意思？”

马克斯顽皮地笑笑：“我正在想呢。其实我们只需要声音而已。我的父母是用电话给我报名的，那些证明也是邮寄的。”

“学校不会注意到没有家长送我上学吗？”

“早上没人管。而且现在家长都不能进入校园。至于下午，只要你的父母签署了许可证，你就可以自己回家。”

“马克斯，我知道这个计划很完美，但太危险了。”

“对了，”马克斯补充道，“我只有这个学年在这里上学，之后我们就回华盛顿了。现在，我可以和你在一起，我可以帮助你。”

艾哈迈德很难受。离学年结束还有多久？六个月？最多七个月吧？然后马克斯就会离开，而自己要独自前往加来丛林营地，赌一赌能不能去英国。与此同时，他在脑海中描绘着幸福学校的样子：他几乎能闻到粉笔灰和笔记本的味道，能看到前桌同学的脑袋，能听到老师叫自己的名字。他也想象着另一种选择——在酒窖里等着马克斯放学回家，严冬将至，他被围困在潮湿阴暗的墙壁之间。经过短暂的犹豫与担心，对未来的期待获胜了。就算要去加来，懂一点儿法语也很有用。艾哈迈德深深地吸了一口气，回头看了看马克斯："谁来扮演家长呢？他得是个靠谱的人才行。"

"不是他，"马克斯简单地说，"而是她！"

艾哈迈德正要问"她"是指谁，传来了门关上的声音。是前门。他从沙发上跳下来，飞奔着跑下了地下室楼梯。

"嘿，克莱尔！怎么了？"马克斯大声喊道。

艾哈迈德吓得僵在了楼梯中间。他听到袋子掉在地上的声音，接着脚步声逼近了！

"你大喊大叫干什么？"

"波林夫人没来，"马克斯拐弯抹角，"地铁停运了。所以我一个人在家。"

"你是在对自己大喊大叫？"

"不可以吗？我发现妈妈在厨房里藏了些汽水。你喝不喝？"

趁着马克斯大声说话，艾哈迈德踮着脚走了几步。

"当然，"克莱尔说，"好奇怪，你去逛地下室了？"

“没有。”马克斯脱口而出。

“那你为什么站在那儿？门还开着呢！你的脸怎么那么红？你是在下面玩什么冒险游戏吗？”

“我要去洗手间。”马克斯说着“砰”的一声把门关上了。

艾哈迈德趁机跑下楼梯，还没来得及回到酒窖，就被猫绊倒了，撞在了瓷砖地板上。泰迪发出哀号声。就在这时，地下室的门打开了。

“下面怎么了？”克莱尔像是在自言自语。

艾哈迈德不敢动，他的心脏剧烈地跳动着。泰迪惊恐地跑上楼去。接着克莱尔的声音变得轻柔了。“哦，是你啊，”她说，“傻泰迪！”

“给你一杯可乐，”马克斯在厨房强装镇定地喊道，“你来不来？”

“这就来啦！”克莱尔说。

艾哈迈德屏住呼吸。

“克莱尔？”马克斯又大声喊道。

终于，艾哈迈德听到脚步声远去了，他松了口气。

寻找同盟者

第二天，法拉来学校了，但马克斯很难找到机会和她独处。课间休息时，法拉一直在和朋友们谈笑风生。

马克斯等了十分钟，见法拉还在谈天说地，只好默默地走到她身旁。“嗨，法拉，”他说，“我能跟你说件事吗？”他感觉自己的脸在发烫。

女孩们用意味深长的眼神看向彼此。这感觉太糟糕了！

“当然。”法拉说。

马克斯带着法拉穿过校园，走到绿色篱笆边的一块空地上。法拉的朋友们立刻开始窃窃私语。法拉一定听见了，但她靠着篱笆，假装什么也没听见。

“马克斯，你想说什么事？”

为了这一刻，他熬了大半夜——用英语写出想说的话，再用软件翻译成法语，然后调整译文，练习正确的发音。现在，他把精心准备的台词一股脑儿说出来。他曾经见过妈妈在法庭上辩论，不看笔记，一气呵成，始终坚定地注视着陪审团。他也试着用同样平静的态度、同样坚定的语气，讲述着艾哈迈德的故事——一位新移民的单身妈妈，因为要照顾其他孩子，无法接送艾哈迈德上下课。法拉要做的，就是假扮这位“单身妈妈”，只需要注意说话的口音就行了。

“你能帮帮我们吗？”他用法语问道，说完屏住了呼吸。

他的注意力全都落在法拉身上，几乎感觉不到校园里的嬉闹声，也没有发现冰冷的雨水已经变成了大片的雪花。

“法拉？”他又喊了一声。

法拉看看远方，又立刻回过神来，看向马克斯：“这太疯狂了！”

马克斯有些受挫。他比以前加倍努力了，可他还是发现了一个事实——无论自己怎么做都不够好。“不，不……”他想要辩解，于是语速慢下来，“我们有个计划……给你买部手机……没人会知道这个号码是你的。”这是他的即兴发挥。

法拉摇了摇头：“太危险了。”

“三年来，艾哈迈德没去过学校。他很善良，很聪明，也很想上学。”

“我很抱歉。”法拉缓缓地说，语气里透露着胆怯。

马克斯还想再争取一下：“法拉，请你再考虑考虑。艾哈迈德和你一样……”

她回头看了他一眼，眯起眼睛说：“你是说宗教信仰？”

马克斯不安地耸了耸肩。

法拉的眼睛在厚厚的眼镜片后亮了起来：“他来自叙利亚，我的爷爷奶奶来自摩洛哥。我们很不一样。”

马克斯再次感到羞愧。摩洛哥在非洲，在另一片大陆上。“你在这里出生吗？”

“是的，在这里！我父母也是。”她继续说，“我妈妈实际上出生在法国，但我们都是比利时人。”

“你们家讲阿拉伯语吗？”

“我父母在家里大多讲法语或柏柏尔语，那是一种摩洛哥语言。不管怎么说，我们的语言也不一样。那个男孩可能都听不懂我们的话。”

“我也听不懂。”马克斯承认。

“所以，我们不一样。”法拉温柔地说道。

马克斯抓住法拉的手，顾不上远处那些关注着这边的同学。

“你说得对，不一样。但你知道与众不同的感觉。你很勇敢，你知道什么是善良。艾哈迈德没有父母，没有家人……他是个无可依靠的好人，他只想上学而已！我一个人没办法帮他。法拉，拜托了！”他说得磕磕巴巴，尽管他的法语糟糕透顶，但听起来慷慨激昂。

“马克斯，你知道这对我来说多危险吗？因为宗教信仰的不同，我必须加倍努力，才能在比利时获得同等的机会。我必须加倍的好。”

“好”这个词引起了马克斯的回忆。“艾哈迈德说，帮助那些需要帮助的人是非常重要的。”

法拉狠狠地盯着他，仿佛某根神经被触动了似的。

马克斯松开手，低头看着地面。看来找法拉帮忙是没戏了。该怎么告诉艾哈迈德这个坏消息呢？

就在马克斯以为法拉要走时，只听见法拉问道：“真的只需要我打几个电话？”她的声音很轻。

马克斯屏住呼吸，看向法拉，使劲地点头，眼神里带着真诚的恳求。

法拉再次沉默了。马克斯默默地等待着法拉摘下眼镜，擦去一片融化的雪花。法拉没有戴上眼镜。她眨眨眼睛望向远方。过了一会儿，她戴好眼镜，说：“好吧。”

马克斯大声致谢。法拉的朋友们在远处偷笑。

“马克斯。”

“怎么了？”马克斯收起笑容。

“最好让我看看你伪造的身份证。虽然你的法语比以前好多了，但我们需要确保不出任何差错。”

理发小意外

周六下午四点过后，马克斯一家已经离开了，艾哈迈德整装待发。他抱起那本《英雄少年》，打开通往花园的后门。空气冷冽潮湿，仿佛整个城市都患上了风寒，甚至连外套都在瑟瑟发抖。初冬的黄昏，粉红色的云朵飘过天空，树影在花园的角落里摇摆。他翻墙进入后院。邻居的灯亮着，人们在屋子里走来走去，看上去像是在聚会。他贴着墙，趁没有人进出时冲出大门。

艾哈迈德匆匆跑到拐角，经过一所小型医院，接着是绿色食品店和报亭，最后，他冲下山坡到达购物区。街上很热闹。顾客们推着手推车，从肉店和奶酪店蜂拥而出；一些人在咖啡馆的暖灯下喝着咖啡；一位年迈的街头手风琴师演奏了一首乐曲。路灯发出的白色光线照亮了大片大片的雪花。巧克力店的橱窗里搭配摆放着金色硬币、圣诞老人模样的黑巧克力，以及其他圣诞礼物。远处，教堂的钟声响了。

过了酒店，有一家耀眼的白色发廊。艾哈迈德掏出字条，复习了马克斯教他的词语。接着他打开门，走到柜台边的女人面前。“你好，剪头发。”他说。

女人点点头，挥手示意，并给他拿了一件长袍。过了好一会儿，他才尴尬地意识到这是给自己穿的。然后，女人让他坐在一面巨大的镜子前。地下室的浴室里有一面很小的椭圆形镜子，但他从来没有认真照过镜子。现在，他必须目视前方，别无选择。

艾哈迈德凝视着镜子里的自己。马克斯说得很对，头发太长了，像是要把他整个人掩盖起来似的。

理发师开始干活了。艾哈迈德没来由地觉得难受。这是爸爸抚摩过的头发。现在，一部分头发因为黏黏的泪水而贴在脸上。理完发，他那和爸爸很像的下巴、招风耳，以及完整的圆脸都露出来了。这使他看起来像个学生，而不是那个在酒窖里待了三个月的男孩。

艾哈迈德在前台付了二十欧元，这些钱都是马克斯给他的。然后，他害羞地看了看镜子中的自己。随后，他走到拐角处，乘扶梯来到地下通道。马克斯说过这条路通往地铁。他不停地留意着是否有警察的身影，特别是方丹警官。除了通道两旁的广告和安全提示，他什么也没有发现。脚步声混合成某种舒缓的背景音，与街头艺人的小提琴曲混杂在一起。

马克斯说的照相亭就在那儿。艾哈迈德走进去，拉上窗帘。他脱下大衣，开始调整马克斯借给他的衬衫领子，他坐在塑料凳子上，往硬币槽里投了三十二欧元，然后，在屏幕上选择官方证件照。

绿灯亮了，一个陌生的面孔盯着他，他很快意识到这是自己。展台上的一张照片提醒他保持微笑，但他忍不住大笑。一分钟后，六张身份证尺寸的照片从一个槽中滑出。照片里的男

孩看上去很友好，甚至很快乐。他小心翼翼地把照片夹在《英雄少年》的书页里，使它们保持平整。

艾哈迈德微笑着往回走。在暗夜吞噬一切之前，灯光让整个世界看起来一片祥和。他把最后一欧元给了一个戴着头巾的女乞丐——她的臂弯里，一个婴儿正在沉睡。

到目前为止，所有的事情都在计划之中。他希望一切顺利。他转过街角，到了马克斯家后面的街道上。他想象着自己走着同样的路去上学的情景——朋友们向他挥手致意，或者在街对面呼唤："要考试了，你复习了吗？""等会儿踢足球吗？"

当他准备打开邻居的大门时，想象着这就是学校的大门，一个老师正跟他打着招呼。然而就在同一时刻，里头的门开了！一个穿戴整齐的秃顶男人从邻居家走了出来。

"晚安，雨果！"他一边说，一边吻别门口的另一个人。

艾哈迈德迅速逃出了大门。

"再见！"主人说道。

幸亏反应及时。那人跑下楼梯时，差点儿撞到艾哈迈德。

"抱歉。"艾哈迈德跳到一边低声说道。

那人用法语说了些他听不懂的话，语气很尖锐。就在此时，房子的门开了，一个红衣女人出现了，递出一顶男人的帽子。"方丹警官！"她挥舞着帽子，语气有些戏谑。

警察！

趁方丹警官转过身去，艾哈迈德赶紧走开了。他呼吸急促，太阳穴怦怦直跳。但他尽量保持镇定，继续缓慢地行进。他害怕下一秒就听到警察在他身后尖厉的呼喊声，或是追逐的脚步声。他好不容易才鼓起勇气去偷看，发现方丹警官回去取帽子了。艾哈迈德继续走过学校和拐角，好像他没有权利在那里停留，只是路过而已。

奥斯卡的加入

下课铃终于响了。马克斯和法拉又在校园围栏一角商量着什么。马克斯环顾四周后，把夹在《英雄少年》里的身份证交给了法拉，随即回到朋友们当中。

马克斯为自己和艾哈迈德的成就感到骄傲。他借口说需要参加一个学校兴趣班，拜托波林夫人带他去了文具店，找到了能够与身份证匹配的颜料和纸张，还在网上找到了正确的字体，并列出了艾哈迈德的信息。艾哈迈德的照片中，他的头发修剪整齐，脸上带着笑，这正是马克斯所希望的形象。最后，他们一起将照片粘好，再盖上用坚硬的蜡烛精心雕刻成的公社印章——被“圣兰伯特殿”单词包围的圣人图案。

马克斯观察着法拉的表情，以为她会惊叹一声。但她仔细研究着，面无表情。

“重音符号错了，”最后，她指着“民族”一词，用法语说，“应该是另一种形式。”

波林夫人总是责骂他懒惰。马克斯很不以为然，他认为老师通常都能理解他的意思，所以没必要在意细节。但现在可不一样。

“谢谢你。”他感激地说。

法拉再检查了一遍，从封面到里面写着艾哈迈德名字的页面、编造的国内号码。最后，她凝视着艾哈迈德的照片：“他看起来是个好人。”

“他很好。”马克斯向她保证。

法拉把身份证还给马克斯：“除了那个重音，它看起来不错。”

马克斯还没来得及享受赞美，一只大手猛地从法拉手里抽出那张身份证。

“不，一点儿也不！”

马克斯转过身。奥斯卡站在他们身后，用恶毒的笑容盯着身份证。马克斯伸手去抢，但奥斯卡把它举得高高的。

“还给我！”法拉愤怒地喊道。

奥斯卡用拇指擦着公社印章：“这是假的！”

“不，不是，”马克斯回击道。但他刚一开口，就想起奥斯卡的妈妈在公社工作。

奥斯卡转动眼珠：“我告诉你，这就是假的！”

马克斯不敢相信自己竟然这么愚蠢，奥斯卡一直在等待报复自己的机会，自己一个疏忽就被他得手了。马克斯握紧了拳头。

奥斯卡转向法拉：“这家伙到底是谁？”

马克斯能感觉到她的紧张，但她没有回答。

“你的恐怖分子朋友？”

“他不是恐怖分子！”法拉愤怒地说，“他是个战争难民！他失去了全家。他只是想上学！像我们这样！”

马克斯等待着他的笑声，这样他就会立马给奥斯卡一拳，但奥斯卡没有笑。他放下胳膊，仔细研究着艾哈迈德的照片。他眯起眼睛，好像不喜欢他看到的东西。同时，马克斯听到一声怅惘的叹息。奥斯卡似乎不再是一级警戒对象了，他真的想和自己交朋友吗？

“求求你了，奥斯卡，”他轻轻地说，“艾哈迈德是个好人。”

奥斯卡抬起头来，不屑一顾地说：“你说他很好？”但他并没有走开。如果他真的想告发，早就走了。他手里拿着证据，根本不必为此争论。

马克斯突然产生了一个疯狂的想法——也许能说服奥斯卡帮忙？也许他不怕违反规则，通过他的妈妈进入公社，弄到一个真正的印章！

“你想见见他吗？”马克斯问道。

“马克斯？！”法拉不解地低声喊道。

马克斯没有理会她，一直盯着奥斯卡。

奥斯卡摇摇头：“我可不去。”但他听起来比之前更加犹豫了。

马克斯豁出去了：“你害怕了吗？”

奥斯卡朝他走近了一步，气势汹汹地说：“我没有！我才不是像你，白痴！”

“那就去见他，”马克斯平静地说，“我跟你一起，还有法拉。如果你认为他是坏人，你就告发我们。”

奥斯卡把目光从马克斯移向了法拉，“什么时候？”他问。

马克斯指着墙外：“明天放学后去我家后院。”

疯狂计划小组成立

艾哈迈德蹲在花园里的冬青树丛后，等待着奥斯卡。他也不知道自己为什么会答应，那天与方丹警官的会面几乎改变了他对整个计划的看法。那一夜，他焦虑难安。如果方丹警官抓住他了呢？如果法拉出卖他呢？如果……万一呢？他的内心充满恐惧，觉得这个世界并不在乎自己。但他想到了马克斯。他知道马克斯很关心自己，这才放下疑虑，在寒冷的雨中躲在灌木丛后面等待着。如果奥斯卡泄露了秘密，他不只要和酒窖告别，还要和马克斯告别！

后门传来声响，接着传来说法语的女孩声音。那一定是法拉。随后是马克斯，最后是一个他不认识的粗犷的男孩嗓音，应该就是奥斯卡了。他还听见足球被踢来踢去的声音。波林夫人可能在落地窗口看着呢。当球从他身边掠过、撞到墙壁停下的时候，艾哈迈德知道波林夫人已经到厨房去了。这是他们的暗号。

随着脚步声的逼近，艾哈迈德挺直了身子。他蹲得太久了，当那个胖胖的男孩走到他面前时，他仍然驼着背，身体僵硬。

那男孩挺直身子，好像在强调他们的不同，他不敢直视那男孩的眼睛。

“这是艾哈迈德。”马克斯说。

艾哈迈德伸出手来：“你好。”

奥斯卡突然退后了。艾哈迈德意识到他把奥斯卡吓着了，于是放下了手。

“我会说一点儿英语。”奥斯卡直截了当地说。

艾哈迈德彬彬有礼地笑笑：“那太好了。”

“如果你撒谎，我会知道的。”

艾哈迈德看着他的眼睛：“我从不说谎，只会告诉你事实。”

奥斯卡的胖脸依旧毫无表情：“你是谁？你是怎么到这儿来的？”

“我是艾哈迈德·纳赛尔。我从叙利亚来，为了躲避战争。我本来是乘船去希腊的。我的家人都死了。”他停顿了一下。这说这些话的时候，内心触动，同时也想留给奥斯卡一点儿时间去感受。

奥斯卡依然带着敌意看着他：“你为什么来比利时？”

“和我同行的伙伴有家人在这里。”

奥斯卡把粗壮的胳膊交叉放着，对马克斯说了一句法语。

“他说就算如此，你也没有权利来到这里。”马克斯翻译道。

“我不知道去哪儿。”艾哈迈德承认。

在进一步解释之前，奥斯卡打断了他的话，向其他人说着法语，引得法拉怒目而视。

“他说什么？”艾哈迈德问马克斯。

马克斯不舒服地挪动了一下：“他说，警方担心恐怖分子可能袭击学校，他怎么知道你不是想去袭击学校呢？”

“我不是恐怖分子！”艾哈迈德说，“我和你们一样讨厌那些人。”他从奥斯卡眯起的眼睛里看出，自己的话没有说服力。他必须想办法改变谈话，赶快说服奥斯卡。“我妈妈、妹妹们，还有外公，都死于战火。我爸爸……”

马克斯饶有兴趣地把身体向前倾了倾。艾哈迈德知道自己从未告诉过马克斯这个故事。他实在别无他法，只能大声说出来，以证实他爸爸的死是真实的。

“他怎么了？”奥斯卡问道。

艾哈迈德察觉到奥斯卡的好奇。但他很快想起马克斯曾说过，奥斯卡的爸爸也死了。他必须讲述这个故事，不只是一两个简单句，还有所有细小的、重要的细节，才能让奥斯卡感同身受。

“我们乘船从土耳其去希腊……”

他描述着海浪、脚边沉浮的海水、女人的哭声、婴儿的背带。他不会游泳，爸爸把轮胎挂在他身上，然后跳到海里去救他们，最后被海浪卷走了……

雨下得更大了，但似乎没有人在意。

“莱斯沃斯岛，一个希腊岛屿，我们上岸了。易卜拉欣说我必须和他一起走，他向我爸爸保证过会照顾我，但我拒绝了他。那几天，我就睡在海滩附近，希望能找到爸爸。易卜拉欣很有耐心，他陪着我等在那里。”

每天晚上都有脆弱破烂的、拥挤不堪的船抵达海岸，岸上的救援人员把他们拉上来，有尖叫的孩子、哭泣的妇女、目光呆滞的男子。救援人员把毯子、瓶装水递给他们。艾哈迈德总是去帮忙，希望能碰见爸爸。但是，随着时间的推移，他知道不太可能找到爸爸了。

一天晚上，暴风雨袭来。第二天黎明，可怕的涨潮夺走了六个孩子的生命。他们扭曲着身体躺在石滩上，还穿着别有西方体育队或卡通人物徽章的运动鞋和脆弱的救生衣。

“那个时候，我看着大海，放弃了希望。我想和爸爸一起去。”

“你不应该这样想。”奥斯卡语气有些生硬。

艾哈迈德看着他，这是他第一次讲述这个故事。“我知道。”他继续回忆。快到 8 月了，天越来越热，阳光从水面反射上来，照在脸上火辣辣的。他很悲伤，而且每天都挨饿。每天都有数百名新难民到来，那些制作三明治和分配水的志愿者们已经把物资用完了。“我跟易卜拉欣一家人露宿在卡拉山丘营地。几个星期后，我们获准乘渡轮去雅典。虽然我去了那里，但我一心想着爸爸，其他的什么都不想，什么都感受不到。你……明白吗？”

大家都沉默了，连奥斯卡也不说话。

“你爸爸很勇敢。”最后，马克斯说。

奥斯卡一脚踢向湿漉漉的地面，用法语说了些什么。

“奥斯卡！”法拉用法语怒不可遏地喊道。

艾哈迈德望向马克斯寻求解释。

马克斯的脸颊泛红："他说当时那么危险，你爸爸离开你……太傻了。"

艾哈迈德举起一只手，示意法拉别说了："他说得没错。"

奥斯卡看着他的眼睛："你为什么要上学？"

艾哈迈德想了一会儿。有很多原因——因为他的爸爸是一名教师，或是因为他想学习。但是有一个答案比其他答案更真实，奥斯卡会理解的。"我觉得很孤独。"他说。

奥斯卡看向马克斯，用法语说了些什么，然后回到了屋里。法拉眯起了眼睛，露出难以置信的表情，但马克斯笑了笑。

"他说什么？"艾哈迈德问道。

"他让我明天放学后和他一起去公社，"马克斯说，"带上护照和身份证。"

奥斯卡的"犯罪现场"

公社所在的建筑物以大块的黄砖砌成，有着别致的钟塔，马克斯和父母去过好几次了。以前他们会拿着号码牌，点好三明治，坐在中央大厅狭窄的硬塑料座椅上，等待闪烁的大显示屏上出现他们的号码，然后拿着号码牌去窗口办事。这里只有一个办事员，坐在办事窗口的另一边，给文件时就像吝啬的牙医给糖果。

但是现在，这些经验都没有用了，因为还有奥斯卡。他们坐在公共汽车上，奥斯卡始终静默不语。马克斯不禁担心法拉的猜测是对的——“他打算把我们都送进公社附近的警察局”。不过他们一下公共汽车，奥斯卡就径直走进了公社。他越过取号机，对服务台的老妇人说：“您好，夫人。”

老妇人也以友好的语气回应道：“你好，奥斯卡！”

奥斯卡穿过那些手里拿着文件、坐在座椅上焦急地看着显示屏的人们，敲了敲一扇窗户，旁边的墙上赫然写着“非员工不得入内”。

“是我，奥斯卡！”他高喊。

不一会儿，门开了。一个蓄胡的男人认出了奥斯卡，并向马克斯挥手。马克斯跟着进入了办事窗口的另一边。办事员的工作空间比从另一侧看起来大得多。电脑和文件柜整齐地排列着，里面还有个休息室，职工可以在里头度过漫长的午休时光。

一个带着地道的比利时口音的女声从电脑后传出：“小白菜，你好！”

马克斯嘴角抽动了一下，憋住了笑。他听过一些腻歪的法语词语，但实在很难想象奥斯卡是一棵“小白菜”。

“嗨，妈妈！”奥斯卡回应道，尴尬得两颊发红。

“这是你经常提起的学校里的朋友吗，那个美国男孩？”她用法语说完，转身面向马克斯，用英语热情地说道，“你好，马克斯！”

“您好，夫人！”马克斯回应道。奥斯卡“经常”提起自己吗？他的妈妈看起来十分热情友好，难道奥斯卡没告诉过她他们的真实关系吗？

“奥斯卡会说英语，”她望向奥斯卡说，“他爸爸在教他。我的英语不太好。”

奥斯卡说：“不对，是‘教过’。”

奥斯卡的妈妈笑了。“看看他，多聪明。”她用法语说。

马克斯点了点头，这让他有些难过，父母从没表扬过自己。

奥斯卡的妈妈望向墙上的钟：“我还有半个小时下班。你们两个可以坐在大厅里……”

“杜邦先生不在，”奥斯卡打断了她的话，“我们能玩他的电脑吗？”

奥斯卡的妈妈叹了口气，马克斯能看出她的不情愿。

“我觉得应该不可以……”

“他不会介意的，”奥斯卡说，“他一般只用它玩纸牌游戏。”

“不是这样的……”

说话间，奥斯卡已经坐在杜邦先生的座位上了。他打开了电脑显示器。“她总是会妥协，”他悄悄告诉马克斯，“我玩这些电脑已经好几年了。你也去拿把椅子坐下。”

奥斯卡的妈妈回到了蓄胡男人旁边的窗口，按下了蜂鸣器。马克斯听到外面的声音响起，下一个数字出现在显示屏上。很快，她开始和窗口另一边的法国人交谈，语速太快了，马克斯根本听不懂。

“把照片和护照给我。”奥斯卡低声说。

马克斯把《英雄少年》从背包里抽出来，翻到夹着艾哈迈德的假护照和照片的那一页。

“很好。”奥斯卡说。

他打开纸牌窗口，在切换窗口前迅速地打了几张牌。屏幕上出现了密码框，奥斯卡随即输入了密码。屏幕上弹出了输入出生日期、住址和身份证号的文本框。

“你怎么知道这些的？”马克斯惊诧地问。

奥斯卡耸了耸肩：“我经常在这儿待着，边看边学咯。”他翻看着假护照，直到看见艾哈迈德的姓氏“纳赛尔”。“很好，他的姓很常见。他妈妈叫什么名字？”

马克斯看了看护照：“蕾姆。蕾……姆……”

奥斯卡把鼠标光标拖到“纳赛尔”下面。

“蕾……姆……好了！出生日期：1992 年 12 月 4 日。”

马克斯的大脑飞快运转着：“她二十四岁，艾哈迈德十四岁。她不可能在十岁时生下他的。”

奥斯卡立即把“1992”改成了“1982”，再按下保存键。“任何人都可能犯这样的错误。”他满不在乎地说。

马克斯忍俊不禁。

“怎么了？”奥斯卡问。

“没什么，”马克斯说，“就是觉得……你真是个天才。”

“天才？”

“嗯，你真的很擅长这个。”

“就是‘犯罪心理’呗。”奥斯卡高兴地说。

“你还知道这样的术语？”

奥斯卡咧嘴笑了笑：“有部英语电视剧叫《犯罪现场调查：迈阿密》，你知道吗？我看过。”随后，他点亮屏幕，把修改过的内容复制并粘贴到标有“外国未成年人身份证明”的文件中。他建了个新模板，把伪造的身份证号复制了过来，打印出了一张新的身份证。然后，他把艾哈迈德的照片粘到上面，再用一个巨大的装订机把这些文件装订起来。艾哈迈德的照片上已然有了公社印章。这个身份证看起来和马克斯的同样真实！

“奥斯卡，电脑玩够了吧！”他的妈妈从房间另一边用法语喊道。

那个蓄胡的办事员对奥斯卡的妈妈说了些什么，马克斯听不见，但他能感受到因为他们还在玩电脑，那人看来很不乐意的样子。

奥斯卡不理他们。他删掉模板，打开了一个名为“家庭组成”的文件夹。

“还没弄好吗？”马克斯用英语轻声问。

奥斯卡摇摇头：“还需要这个。”

“这是什么？”马克斯问道。

“提供艾哈迈德家里所有人信息的文件。这是学校的要求。”

马克斯的父母一定也交过这玩意儿，但没跟他提过。马克斯从未如此感觉到他们有多么需要奥斯卡。但他不知道该如何表达，一句“谢谢”是远远不够的。

奥斯卡坏笑道："我们给他伪造另一个家庭？"

马克斯点点头："得有弟弟妹妹。这是他妈妈不来学校接送他的理由。"

"名字？"

"贾斯敏，"马克斯脱口而出，"诺里——一个小婴儿。"

奥斯卡输入了几个名字，编造了一些出生日期。"但没有爸爸。"

"嗯。"马克斯同意了。

奥斯卡把这份文件也打印出来，然后拿出印泥和印章。在门打开的同时，他印上了公社标志。

"嗨，大家好！"熟悉的声音从背后响起。

马克斯立即把文件收进书包，转过了身。方丹警官朝他们走来。

"马克斯·霍华德！"方丹警官煞有介事地用法语说，"你不应该出现在这里的。"

马克斯惊慌失措。奥斯卡骗了自己吗？也许他的好心只是虚情假意。马克斯用求助的眼神望向奥斯卡，可他正专心地玩着纸牌游戏，仿佛身边发生的一切都与他无关。

"我来这里和……"马克斯用法语结结巴巴地解释着，"我和奥斯卡是一个学校的，他……"

"我们是朋友。"奥斯卡真诚地说。

这是真的吗？马克斯希望是这样。他想起方丹警官有公务和公社对接。方丹来他家拜访也是为了核查身份证和其他证明的，他完全有理由出现在这里。

“少年时期的友谊。”方丹警官倚靠在一旁的档案柜上，怅然若失地用英语说，“马克斯，你知道吗，我小时候经常在你家花园里和朋友们玩，虽然我们现在都老了，但还是挚友！”他苦笑着，好像正沉浸在成长的回忆中。接着他看向奥斯卡，往前走了一步。“你赢了吗？”

马克斯突然发现“家庭组成”的提示仍在屏幕顶端。奥斯卡已经来不及删除了！必须在方丹警官注意到之前让他分心。“我们还没找到园丁。”他找了个借口。

方丹警官望向马克斯，眉头紧蹙：“是吗？托梅克不行吗？”

“是的，”马克斯撒谎道，“我的爸爸妈妈会去找人的。”

“好的，现在是冬天，”方丹警官答应道，“但你得告诉他们不要拖得太久。”

当马克斯回头看电脑时，文件提示已经无影无踪了。马克斯再次感到惊讶，奥斯卡真是一流的“罪犯”！

奥斯卡妈妈关上了她的窗口，来到方丹警官旁边。

“我跟他说过不要用电脑了。”她用法语抱歉地说。

马克斯以为方丹警官的神色会立刻变得凶狠，像在街上面对年轻阿拉伯人时那样。但他只是摇摇头：“你总是不守规矩。奥斯卡，你必须听你妈妈的话。”

“对不起，警官先生。”奥斯卡一边关电脑一边说。

方丹警官从信使袋里拿出一捆文件，交给了奥斯卡的妈妈。

“这是明天的。”他说。

一个关键的电话

这些文件很完美。奥斯卡真是太厉害了。但如果幸福学校没有名额的话，这一切将毫无意义。

在假期前的那个周四，艾哈迈德再次翻过花园围墙走到街上，穿过以美国人布兰德·洛克的名字命名的林荫大道。马克斯曾告诉他，这是个美国大使，在“一战”期间指挥过食物空投。

艾哈迈德走到奥斯卡的公寓前，看见门外放着法拉的鞋子。他确定没认错门。他敲了敲门，马克斯立即应答了。

“时间刚好，我们也刚到！”

“你好，艾哈迈德。”法拉的声音从里面传来。

“奥斯卡的妈妈呢？”艾哈迈德一边脱运动鞋一边问道。

“我说过，她五点后回家！”奥斯卡从里头喊道。

“他只是有些紧张。”马克斯低声说。

艾哈迈德把鞋子摆到法拉的鞋子旁边，跟着马克斯到了客厅。每一面墙上都有奥斯卡爸爸的照片。他是个大个子，就像艾哈迈德的爸爸一样，看起来超乎常人的强壮。

奥斯卡走进厨房，拿了四瓶橙色饮料放在咖啡桌上，笨拙地扮演着主人的角色。艾哈迈德坐在法拉的对面。她窝在一张很小的双人沙发上，一言不发地盯着手机，但嘴唇微微颤抖着。

“你没事吧？”马克斯问道。

她点点头，指着文件，上面写着艾哈迈德的家庭成员。“妈妈叫蕾姆·纳赛尔吗？”

用真名登记是明智的，这样艾哈迈德就无须刻意去记虚拟的名字。他听到妈妈的名字时有些难受，但还是大声说：“是的。”

法拉用法语说了些什么。

“她说可能你会跟不上课程。”马克斯翻译道。

“不会的，”艾哈迈德说道，“我想留在这里。”他继续看着证明文件，就像瞥见了如果他们没有遭遇炮火的另一种可能——妈妈、妹妹们和他一起到达了比利时。他很想加上外公和爸爸的名字，使他的“纸上家族”更完整，但后来放弃了这个幻想。根本就不存在另一个平行时空。

马克斯和奥斯卡正在和法拉说着什么。他们用的是法语，艾哈迈德听不懂。最后，法拉挥挥手，拿起了电话，输入电话号码时，她的手指还在颤抖。

艾哈迈德对马克斯说：“帮我告诉她，她不必这样做，我不想剥夺她的荣耀。”

“她的荣耀？”奥斯卡问道。

马克斯的眼神有些游移不定：“他说的是那些……”

奥斯卡没等他说完，继续说道：“我知道，他是不想让她惹上麻烦。但和我们在一起，不需要担心！”

“我不想让任何人惹上麻烦！”艾哈迈德说道。

法拉停下了输电话号的手。奥斯卡和马克斯用法语交谈着，把艾哈迈德暂时搁置在一旁。过了一会儿，法拉坚定地望向马克斯，说了些什么。

马克斯翻译说：“‘艾哈迈德，你很善良，不必为我担心。如果我不肯帮助哥哥，我的荣耀在哪里呢？’”

贾斯敏和诺里出生后，很长一段时间里，大家都叫他哥哥。

“谢谢。”他说。

法拉聚精会神地继续输入数字，然后把电话举到耳边。

沉默。

奥斯卡焦急地靠在一旁。

“秘书不在？”最后，艾哈迈德问道。

奥斯卡看看手表：“这个时间应该在的。”

“您好，夫人。”

法拉示意大家安静。三人连忙屏住呼吸。

“我叫纳赛尔。”

法拉的声音听起来和平常不同，更加低沉，还有些鼻音，听起来有些发颤。但艾哈迈德想这或许能引起对方的同情。法拉说了一大段话，艾哈迈德只能听懂几个单词和短语——我儿子，艾哈迈德，2001。

在随后的停顿中，艾哈迈德坐立不安。

“不，夫人。”法拉开始在电话里争论。除了那句“来自叙利亚”，艾哈迈德什么也听不懂，只能紧张地看着奥斯卡。

“秘书认为你太大了，不适合读六年级。”奥斯卡低声说，“但法拉告诉她，你已经有三年没上过学了。”

“是的，夫人。”

法拉伸手去取家庭信息和身份证明。秘书开始询问他的移民身份是否合法，以及是否有比利时居留权。

“明白了，夫人，谢谢。”一阵沉默过后，法拉把电话拿到远处，用法语和马克斯、奥斯卡说着什么。

“她要和校长谈谈，检查有没有空位。”马克斯用英语小声说。

艾哈迈德盘坐着，缩成一团。他闭上眼睛，耳畔传来马克斯捏扁饮料瓶的声音。

时间似乎静止了。过了很久，他终于再次听到了法拉的声音。

“谢谢您，夫人！再见！”

她按下挂机键，放下电话，微笑地看着艾哈迈德。

是好消息吗？或者，她只是在用微笑降低接下来的打击？艾哈迈德太紧张了，根本看不出来。

波林夫人的担忧

“假期以后，班上要转来一位新同学。”在放学回家的路上，马克斯郑重地宣布。

“这种事很常见。”波林夫人漫不经心地说。

那是圣诞节假期的前一天，连波林夫人似乎都心不在焉。可马克斯觉得为艾哈迈德的公开亮相打下基础是很重要的。

“他来自叙利亚。”

波林夫人停了下来。马克斯就知道，这会引起她的注意。

“现在他们让他进学校？”

马克斯感到比平时更恼火：“他不像是个恐怖分子。”

“你怎么知道他不是？”

12 月初的黄昏，汽车的灯已经亮起了。波林夫人把眼睛眯成一条缝，好像车流当中可能有潜在的嫌疑犯。

“因为他……他和我一样！喜欢踢足球！”

“这就是恐怖分子在这里肆无忌惮的原因。太多欧洲人都持一种天真的态度——‘他们和我们一样’。但事实并非如此！”她摇头道，继续走路。

“难民不是恐怖分子，”马克斯走上街道时争辩道，“他们只是避难。他们想要像我们一样去上学、工作、有一个家。”

“可这对我们来说代价多大呀？他们会毁了我们的原则、社会和生活！恐怖分子假扮难民涌入了欧洲。马克斯，我没有吓唬你，像巴黎那样的事，也有可能在布鲁塞尔发生。”

马克斯知道波林夫人并不是唯一怀疑难民是恐怖分子的人。一想到艾哈迈德，任何指责似乎都毫无道理了。

这条街的五十号再次映入了马克斯的眼帘，也就是艾伯特·饶纳尔的家。马克斯不知道饶纳尔当时有多恐惧。他一定清楚藏起那个孩子的危险程度，但他还是这么做了。

“他们是怎么抓住他的？”

波林夫人眉头紧锁：“谁？”

“艾伯特·饶纳尔。我是说，他们怎么知道他藏了人？”

“哦，饶纳尔的故事。”波林夫人喃喃道，放弃了她最喜欢的话题，似乎略显失望，“拉尔夫晚上偷偷溜出去看他的父母。他们和另一对犹太夫妇一起住在韦尔戈特广场。”

“刚好在我学校那条街的尽头！”这种巧合令马克斯振奋，然后他又意识到另一处巧合，“拉尔夫也算难民，对吗？”

波林夫人望着他：“什么意思？”

“你说他的家人逃离了德国。所以他们也是难民，就像叙利亚的孩子一样。”

“那不一样，”波林夫人干脆地说，“犹太人生活在欧洲已经有几个世纪了。他们是欧洲人。”

“纳粹可不这么想。”

“犹太人没有想过毁灭任何人，马克斯。但那些人可不这么想。”

马克斯很恼火。也许应该让她见见艾哈迈德？但他担心波林夫人会把艾哈迈德交给警察。

“盖世太保怎么发现拉尔夫的？”

“一个看见过拉尔夫进进出出的邻居说的，他是纳粹的同谋。”

“太可怕了！”马克斯说。

“这就是大多数犹太人没有得救的原因。艾伯特·饶纳尔很勇敢，但陷入这样的事很难脱身。”

马克斯的心弦紧绷，他和艾哈迈德要做的事可能更难。他并不只是要藏起一个男孩，还要让这个男孩去上学。马克斯开始怀疑自己的决定。有这么多谎言要维系，有这么多人要欺瞒……就在前几天，克莱尔还对他说有絛虫常常在晚上入侵厨房……

但是，艾哈迈德必须去上学！马克斯答应过他。现在已经没有回头路了。

新学校的第一天

1月4日，周一，清晨。

在墨色的天地中，艾哈迈德爬上花园的围墙，跳进邻居的院子里。他的眼睛因疲劳而隐隐作痛，因为他几乎一夜没睡。他太兴奋了，太期待这一天了。他跑出院子的大门，背包里的学习用品咣当作响，都是法拉、马克斯和奥斯卡给他买的。他密切关注着邻居的房子。

经过幸福学校之后，在街区的尽头是个小广场。树木环绕着离学校最近的一侧。艾哈迈德躲在暗处，在光秃秃的树枝和零星的云朵里，他隐约看到几颗星星。

“诺里、贾斯敏，”他默念道，“我要去上学了。”

有一颗星星对他眨了眨眼。是真的，还是想象？

艾哈迈德听见广场的另一头传来了汽车的轰鸣声，一辆公共汽车刹车了，伴随着几下喇叭声。交通开始运转了。过了很长时间，沉默渐渐被更多的声音取代了——狗链的叮当声、回收玻璃瓶的碰撞声、人们的脚步声和抱怨声。当天空逐渐变亮，学生们开始步行穿过广场。小朋友们和父母在一起，一些大孩子背着双肩包独自或成群地走着。

是时候了。

艾哈迈德深吸一口气，融入了奔向幸福学校的人流里。没人注意到他。他只是另一个上学的孩子。平凡的感觉从未如此特别。

艾哈迈德向敞开的石拱门冲去。站岗的警卫是两个年轻的女助教。马克斯说过，她们的工作是确保没有陌生人闯入学校。艾哈迈德肯定会引起她们的注意，她们以前从未见过他，而且他比大多数小学生都大得多。但他和马克斯想出了一个完美的计划。艾哈迈德看了看爸爸的手表，然后弯下腰系鞋带。

八点十三分，一只鞋踩到了他的后脚跟。

艾哈迈德抬头望着马克斯，装作不认识的样子。

“对不起！”马克斯用英语说，“对不起！”

艾哈迈德跳了起来，喜出望外地问：“你会说英语吗？”

“是的。”马克斯假装惊讶地说。

“我在找我的新班级。你知道罗格朗夫人吗？”

“那是我的班！”马克斯大声喊道，“你是新来的同学吗？就是从叙利亚来的那个吗？”

艾哈迈德几乎要嘲笑马克斯的夸张表演了：“是的。我叫艾哈迈德。”

马克斯笑了笑。“马克斯，”他说，“来吧，我带你去。”他抓住艾哈迈德的胳膊，带他走了进去。

“您好，夫人。”他对助教说，然后指着艾哈迈德，“新同学——艾哈迈德。”

新同学。

助教向他微笑：“欢迎你，艾哈迈德。”

欢迎。

艾哈迈德曾在他的法语书中见过这个词，但这是第一次有人对他说。他笑了笑：“谢谢。”

“谢谢，夫人。”马克斯温和地纠正。

他们穿过拥挤的石拱门走进校园。艾哈迈德朝四周看了看。学生们的语言、衣服、面孔，都与家乡的不同。他在欧洲待了六个月，已经习惯了这种在混乱中迷失的感觉。至少在学校里，还有他能够理解的普遍规则。

一个足球向他飞来。艾哈迈德本能地截住了它。

“还不错嘛。”奥斯卡从院子里喊道。

艾哈迈德卸下书包，开始运球。离开叙利亚后，他再也没有踢过足球，现在，他最喜欢的运动回到他身边了。他可以感觉到孩子们望过来的眼神。有个男孩不肯把球踢开，艾哈迈德运球时捉弄了他一下，其他孩子们发出了感激的声音。

铃声响了，大家都抱起书包，匆匆走向教室。艾哈迈德知道自己已经被大家注意到了，这次不是因为他是难民或潜在的恐怖分子，而是因为他是个好球员！爸爸离开后，他几乎忘记了足球。但在学校里，这种技巧是有价值的。他希望得到肯定。

罗格朗夫人似乎不为艾哈迈德的到来而高兴，因为班里又多了一个不是以法语为母语的学生。但艾哈迈德不在乎。他把新笔记本和文件夹整齐地放好，把笔和橡皮排列妥当，削尖铅笔，享受着笔杆和刨花的木头香气。

罗格朗夫人在黑板上写着什么。艾哈迈德拿出笔记本，把黑板上的内容抄写到第一张空白的纸上。这使他想起了他最怀念学校的地方——每一年，都将开始新的生活。去年的笔记本、破旧的钢笔、弯曲的文件夹和总是拿不到第一名的成绩单已经过去了。过去的你怎么样并不重要，重要的是你可以成为怎样的人。

艾哈迈德勤奋地把黑板上所有的内容都抄了下来，一上午就这么过去了。虽然大部分词语他都不懂，但他还是都写在了笔记本上，方便以后解读。数学不需要翻译，也没有法语文雅的字符串，罗格朗夫人检查他的功课时，说好像她已经检查过了似的整齐漂亮。她的赞美点亮了他的心房，那儿就像一座迫切等着有人开灯的房子。

午饭又令他有些迷糊，他不知道坐哪儿。马克斯说过，每个人都有指定的座位。他不认识任何人，所以只能先站在边上，直到助教把他带到一张桌子前。接着，法拉来了，把他带往另一个自助餐厅。她给艾哈迈德盛了一盘汤，又把一些蔬菜、土豆和布丁递给他。她让艾哈迈德坐在自己桌前的空位上。

周围都是女孩子，要不是食物的香味太过诱人，而自己的肚子饿得难受，艾哈迈德肯定会尴尬得疯掉。他已经不记得最后一次在桌上吃热饭是什么时候了。他专心吃着饭，忘了周围的女孩子们。他把面前的食物一扫而空，把布丁也塞进了嘴里，一抬头才发现，女孩子们正惊讶地盯着自己。他停止了咀嚼，放下勺子，优雅地用餐巾擦了擦嘴。希望她们不会认为自己是个彻底的野蛮人。

到了课间休息时，他立即被征去参加足球比赛。没有邀请，没有言语，只有大家给他的传球，以及孩子们的呼喊声。加入球队得事先安排，但没有人会在意这些。尽管很冷，他还是出汗了。他呼吸困难，在酒窖里躺了这些日子，身体缺乏运动，重新跑起来感觉真不错。他听见了有人喊“艾哈迈德”。艾哈迈德！起初只是奥斯卡嚷嚷着传球，后来他听到了其他人的声音。这就像一场梦！马克斯站在人群边缘欢呼，就像每个进球都是他自己踢的一样。回到教室里，一些男孩子在喊他的名字。罗格朗夫人把他拉到一边，给了他一本法语动词书，写下他应该学习的页数。她似乎认为这个学生值得用心关注。她还给他一份表格，嘱咐他“给你妈妈”。里头有家长签字的页面，这样他就能独自上下学了。艾哈迈德顺从地点点头。

时间过得太快，铃声响了。大家收拾好书包，在走廊里排队，等着罗格朗夫人带领他们走出校园。幸运的是，艾哈迈德站在最后一个，这样他很容易就从大家的视线中逃跑了。他冲进大厅，躲在角落里，看门人的壁橱没有上锁，他溜了进去。今天是第一天上学，如果没有签名卡，他就不能自己走出去，助教会拦下他的。

要等待很长时间，反正马克斯是这么说的。学校会开放到下午六点。壁橱里有蜡和清洁用品的味道，但至少是暖和的。他挤进一排水桶和拖把后面的一角，戴上马克斯给他的头顶野营手电筒，开始学习法语动词书。他抄写笔记，在字典里查找他不认识的单词，然后列出来背诵。他又仔细地填了一张数学表格。这项简单的任务使他平静下来。

两个小时后，他听到外面传来脚步声。这时，他已经差不多做完了所有的作业。

门突然开了。艾哈迈德立即关掉头灯。一个穿着白色制服的矮小女士挥舞着水桶，把拖把塞到他身上。他轻叫了一声。她转过身，把清洁产品塞到架子上。艾哈迈德试着控制身体不被发现。她打开了灯，只要转过身，就一定会看见艾哈迈德。但这位女士只是咕哝了一声，关上了身后的门。

艾哈迈德用了几分钟的时间才停止了颤抖。好在自己没有被看见。如果她回来怎么办？接下来的半小时里，他坐在黑暗中，恐惧地把前灯打开。银色的光让他看清了爸爸的手表指针，六点十五了，他可以走了。他爬到门口，轻轻打开门，窥视着门外。走廊里漆黑一片，空无一人。奥斯卡警告过，门会报警的，不能从门离开。

艾哈迈德想出了一个解决办法。他匆匆下楼跑到最近的教室，轻轻地爬出窗口。不一会儿，他就在黑暗的冬夜中翻过了学校的围墙。到了马克斯家的花园，他在冬青树丛边等待着，直到客厅窗户里闪过手电的光。那是马克斯给他的信号。他穿过花园时，感觉一个身影出现在二楼窗户里，闪了一下就消失了。他希望那只是窗帘在开玩笑。他打开门，踮着脚走进酒窖。

他瘫倒在垫子上，身体还在发抖，但内心放松了。

明天他会再去幸福学校的。

第四章

接踵而至的意外

克莱尔的新发现

“波林夫人告诉我，你的法语进步很大。”晚餐时，妈妈问马克斯，“你是不是觉得越来越容易了？”

“是啊。”马克斯回应道。

周五晚上吃烤鸡已经成了一家人的传统。有一次，马克斯对妈妈说想尝尝烤鸡，妈妈就从清真屠夫那里买来了烤鸡。他们家的烤鸡配的是土豆泥和绿扁豆，还有细长的法国菜豆。马克斯尽量少吃一点儿，这样艾哈迈德就会拥有更多的剩饭。

“她说一个月通常是转折点，但你现在似乎还很有动力。”妈妈继续夸赞道。

马克斯哑然失笑，但不是因为赢得了赞扬。突然对法语产生热情的应该是艾哈迈德。自从上学后，艾哈迈德就开始全心全意地学习语言，这仿佛成了他生活的重心。每天晚上，他都认真做功课，但问题很多。马克斯不得不更加“关注”波林夫人，还帮艾哈迈德请教有关不规则动词或复杂时态结构的问题。他在学校里也努力练习口语，希望能给艾哈迈德更多的帮助。

“你知道谁学得好吗？”他对克莱尔说，“那个叙利亚孩子。”

克莱尔猛地抬起头：“什么叙利亚孩子？”

父母制定了严格的晚餐规矩，不许玩任何电子设备，但马克斯知道克莱尔一直在偷看桌子底下的手机，不过他什么也没说。

“我班上的新同学，”马克斯解释道，“艾哈迈德，他是叙利亚难民。因为战争，他失学很多年了。”

“他多大了？”克莱尔问道。

“十四岁。”马克斯说。

“十四岁的六年级学生？”妈妈问道。

马克斯想提醒她，自己也已经是个十三岁的六年级学生了。不过他只是说：“他成绩很好。他真是太好了，学习非常努力。”

妈妈有些坐立不安：“我不是说他有什么问题，我也很高兴学校能录取他。我只是为他们感到难过，所有的难民。遍地的士兵和陆军卡车把我搞得紧张兮兮的。”

马克斯明白这种感受。不仅仅是方丹警官。自从封锁以来，警察和士兵似乎布满了地铁站和农贸市场。他们在街道拐角，坐在伪装的卡车或沟槽里，巡查任何有嫌疑的地点和办公楼。马克斯有些不安——也许有一天，他们会因为一个完全猜不到的原因注意到艾哈迈德。

“他们只是在保护我们的安全。”爸爸说。

“我们是安全的。”妈妈斩钉截铁地说。

“他住在哪里？”克莱尔问道。

“我不清楚。”马克斯含糊地回答。

妈妈笑着对马克斯说：“不管他住在哪里，你都应该邀请他过来。”

“好的。”但下一秒，他就后悔自己提起艾哈迈德了。现在，他必须为艾哈迈德不能来找个借口。

那天晚上，父母关灯后，马克斯听到了轻轻的敲门声。他从床上跳起来，迅速打开房门，想象着艾哈迈德站在面前。

竟然是克莱尔！

她走进房间，关上门："我们能谈谈吗？"

马克斯感到紧张。她几乎从来没有来过他的房间，他觉得不太习惯。"当然可以。"

克莱尔来回踱步，然后停下来看着他。

"那个叙利亚小孩，他住在我们家吗？"

"什么？"马克斯盯着她，好像他从来没有听说过这样可笑的事似的。

"几个星期前，我在花园里看见了一个人。"

糟透了！但这也不是什么铁证。

保持冷静。

"我什么都不知道。"

"你鬼鬼祟祟的。"

马克斯耸了耸肩："你也是。"

"有一次，我偷偷溜出去。我听见你整晚都在上上下下。食物在消失，地下室的马桶不停地出问题，还有那天下午你一个人在家，你还不想让我靠近地下室的门！我本来没有把这些事联系到一起，后来我看到有人在花园里偷偷摸摸地走，接着就是这个叙利亚小孩在学校出现。"

马克斯可以继续否认，但不能让她说下去了。他担心她会走到地下室把艾哈迈德拖出来，只是为了证明他在撒谎。他盯着克莱尔，"你别告诉他们。"

“我早就知道了！我知道你在做什么！”

“他的名字真的是艾哈迈德，他住在酒窖里。”

“酒窖！”

“我们已经收拾过了，没那么糟。”

克莱尔目瞪口呆：“他在那里多久了？”

马克斯迅速地算了一下：“五个月。”

“五个月！你疯了吗？”

“你不能告诉他们，克莱尔！你欠我的。”

“我没有说，对吧？”她厉声说道。

马克斯仍然不信任克莱尔。唯一的希望就是说服她。他缓了缓语气，说起了艾哈迈德的故事——他的父母死了，如果有人发现他在这里，他要么被驱逐出境，要么被送到一个可怕的难民孤儿院。

“你打算让他在那里待多久？”

“待到我们回去。”

“然后呢？”

“我不知道。我还不知道怎么办。”

克莱尔瘫倒在床上：“这太疯狂了。”

马克斯坐在她旁边：“我知道，但他孤身一人。”

“一定有些成年人可以帮助他的。”

“谁？爸爸妈妈虽然同情难民，但他们永远不会接纳他的！”

克莱尔叹了口气，承认了这一点：“他们只做自己认为正确的事。”

“是的。”

两人都没说话。

过了一会儿，克莱尔说：“我看到过那些想去希腊却被淹死的难民的照片。有一个非常小的孩子，面朝水中……好像整个世界都不在乎他们。”

马克斯点了点头：“也许大人不在乎，但我们在乎。”

他们静静地坐在一起。

“你比我想的要狡猾很多。”克莱尔说。

“谢谢夸奖。”马克斯有些揶揄地回应道。

“我是认真的。你怎么让他去幸福学校的？”还没等马克斯回答，她就举起了手，“算了，别告诉我。我不想知道更多了。”

“你不想见见他吗？”

“不，”克莱尔想了一会儿，说，“我要远离他。”

“你保证不告诉爸妈，对吧？”

“我告诉过你我不会的，这是你的辉煌烂摊子，不是我的。”

马克斯注意到这是克莱尔第一次称自己所做的事是“辉煌”的，至于“烂摊子”这个词，他自动忽略了。

园丁艾哈迈德

2 月中旬的一个下午，艾哈迈德把塑料椅从地下室搬到花园里。天气还很冷，但白天延长了一点儿。要是在难得的晴天，比如今天，就会让人感觉春天随时会来临。

五周过去了，艾哈迈德已经去学校二十五天了，这周不上课。马克斯说，今天是狂欢节，每个人都把自己打扮成无法成为的人。

马克斯和他的家人都去了伦敦，艾哈迈德扮演起了他们的角色——在厨房里做简单的晚餐、在客厅的沙发上看法语书、和泰迪扔玩具老鼠嬉闹、白天把兰花搬到客厅晒日光浴，夜间则用成长灯照它们。兰花很健康，已经有一些冒出嫩芽了。他的生活也是，越来越充满生机。幸好遇见了马克斯，他想。这个善良的男孩就像一道光照进他的生活。他从马克斯那里得知了清洁工来喂猫的时间，以确保准时回到酒窖。

艾哈迈德把他那本法语动词书带了出来。他决定在假期，每天至少学习六个小时。但把书放到膝盖上时，他的思绪飘了很远。爸爸会为他在学校的表现感到骄傲的。他兴致勃勃地做了罗格朗夫人建议的额外作业。他在数学方面游刃有余，还因为从不浪费食物得到了午餐助教的表扬。马克斯、奥斯卡和法拉自然是他最亲近的朋友。他也交到了其他一些朋友，其中一对夫妇的儿子想让他加入他们的课余足球联赛。由于要支付联赛费用和占用自由的下午时间，艾哈迈德拒绝了。现在，“他妈妈”已经签署了通行证，他可以独自离开学校。放学后，他要么和其他朋友一起在奥斯卡家里学习，要么自己到图书馆去，直到天黑再偷偷回家。

“你，这里！”不知是谁的声音突然传了过来。

严厉的声音使他猛地挺起身。方丹警官正在墙那头盯着他。

“你在干什么？”

艾哈迈德立即站起来，打翻了凳子。他很恐慌，难以思考。但本能告诉他，不要逃跑。方丹警官打量着围墙，翻了进来。

“你会讲英语吗？”

艾哈迈德点头。

方丹警官大步走向他：“你在这儿干什么？”

艾哈迈德张开了嘴，但什么都说不出来。

方丹警官走近他，近到足够抓住他：“我知道这家人不在。”

“我是……”艾哈迈德环顾四周，疯狂地思索一个能让他合理地出现在这里的理由。他的目光落在长满杂草的灌木丛和墙壁上的常春藤上。突然，他想起了马克斯告诉过他方丹警官对花园格外痴迷。

“霍华德一家……付钱给我打扫花园。”他的心在打鼓。自己被警察抓住了！

但方丹警官只是露出了苦笑。“终于！”他说，“他们找你做园丁。但是他们付钱让你偷懒吗？”

“我要开始干活了。”艾哈迈德说。他回头看了看，感激地下室门口的耙子和铲子。

“我以前见过你。”

艾哈迈德转过身，发现方丹警官眯起了眼。

“我在幸福学校上学，”艾哈迈德说，指向学校，“我是马克斯的朋友。”

“那你会说法语吗？”

“我是新来的，还在学习。我的英语是……”

“你是哪里人？”方丹警官打断了他。

“叙利亚。”艾哈迈德认为说谎是不明智的，他决定实话实说。

“啊，所以美国人给了你一份工作。他们应该把更多的人带到他们的国家去。美国人就喜欢发动战争，却不喜欢解决他们给世界其他地区造成的问题。”

艾哈迈德无从回答，只好什么也不说。

方丹警官叹了口气：“至少他们终于照料好花园了。这里以前可不是这样的。这是我爷爷的房子，他自己留着花园。我小时候常在这里玩。但是你对花园了解多少呢？你多大了？”

“十四岁，”艾哈迈德说，“我爸爸和外公有一个花园。”

方丹警官哼了一声：“应该让他们来做这项工作。”

“他们死了。”

方丹警官的表情变得柔和起来，但只有一会儿。“那家人竟然给了你一把钥匙。”他摇摇头，他认为马克斯的父母很天真，“你叫什么名字？”

“艾哈迈德。”

“艾哈迈德，你最好老实工作，可别变成那种偏激的男孩。”

“我不会的，”艾哈迈德向他保证，“我喜欢花园。”

“我喜欢检查。”

方丹警官给艾哈迈德一个意味深长的眼神，仿佛在提醒他，他将密切关注艾哈迈德。然后他凝视着窗外的花园。“这曾经是一个美丽的花园。我无法相信你知道如何照顾它，在叙利亚可没有这样的花园。”

艾哈迈德很想说：你怎么知道的？但他忍住了。“我外公是开花店的。”他说。

方丹警官皱着眉，似乎不太相信他：“祝你好运，艾哈迈德！如果我再看到你偷懒，我会让他们去雇别人。”

艾哈迈德点了点头，走到地下室的门口，抓起耙子。当他转过身来时，方丹警官已经跳上了台阶。他在那里坐了一会儿，打量着他。艾哈迈德拿着耙子，重复着动作。

“我告诉过霍华德夫人我很关注这里，”方丹警官喊道，“下次告诉她，让我知道你什么时候在这里。”

“好的。”艾哈迈德说。他的手仍在颤抖，但好在他确实知道如何使花园恢复活力。

爸爸妈妈的告诫

“天哪！”马克斯喊道。

他的父母站在客厅的窗前望着花园。灌木丛修剪过了，枯叶被扫到了一起，常春藤变得稀疏了一些，花圃也除过草了。马克斯观察着父母的神情，他们和自己一样惊讶。

“这就是门上的便条说的事吗？”爸爸问道。

马克斯点了点头。艾哈迈德在门上留了张便条，提醒马克斯发生了什么。他感谢了马克斯为自己提供园艺工作，说遇到了方丹警官，两人还聊了一会儿。这真是个绝佳的方法，下次如果方丹警官提到钥匙的事，至少能保持口径一致。就算方丹警官读到这张便条，也不会生疑。

克莱尔目不转睛地盯着马克斯，似乎想弄明白他们的计划。

“艾哈迈德在找工作，”马克斯说，“我知道你讨厌那个警察总是念叨花园的事……”

爸爸眉头微蹙：“艾哈迈德？”

“我班里的新同学，叙利亚的那个……”

妈妈打断了他的话：“他是怎么进花园的？”

马克斯耸了耸肩：“我给了他一把钥匙。”

“马克斯！你不能把钥匙给陌生人！”

“他不是陌生人。我说过，他是我的同学。”他望向爸爸求助，希望能得到好一点儿的反馈。

“马克斯，你妈妈说得对。”

马克斯明白了，这一回，他们达成了一致意见。

“我们离开了整整一个星期，”爸爸说，“你让那个男孩跑进我们的房子！”

“他不是‘那个男孩’，”马克斯说，“我说过，他是艾哈迈德。他只是在修整花园。”

妈妈已经开始四处走动，检查着家里是否有异常。

“只是因为他是个难民！”马克斯大声喊道，“你们就觉得他会稀罕我们的破玩意儿？”

“马克斯！”爸爸的声音低沉而严厉，“这跟他是不是难民无关。你不能让我们从未见过的人不经允许就进入我们家。你辜负了我们的信任。”

“这不是挺有趣的吗？”克莱尔说。

“克莱尔！”爸爸警告道。

“好吧，”她举起双手，摆出“投降”的姿势，“我退出。”然后她走上楼，让马克斯独自面对父母。

“对不起！我本来以为我帮了你们一个忙！”他声音哽咽了，眼里噙满泪水。他已经辜负父母几个月了。为了艾哈迈德，他会继续辜负他们。这是一个错误，但也是正确的。

“好了，马克斯，”爸爸安抚道，“我知道你是好意。”

“我相信艾哈迈德是个好孩子。”妈妈一边说一边走进客厅。马克斯从她平静的语调中感觉到，她已经放心，一切安然无恙。“我还是想见见他。但是明天你必须先把钥匙从他手里拿回来，而且永远记住，让其他人来我们家之前，必须要先问过我们。”

“好的，”他平静地说，“我明白了。”

家长会对策

日出越来越早了。艾哈迈德喜欢阳光，喜欢明亮。现在，他越来越担心会遇上方丹警官。不过马克斯一家度假回来以后，方丹警官就没再出现过了。尽管如此，他还是决定改变路线。

一天黎明，他尝试从花园跑到街上的其他路径，但他必须进入多个后院，这反而增加了被发现的风险。所以，从邻居家的院子出去仍然是最快和最安全的方法。

艾哈迈德还是忧心忡忡的。在晴朗的下午，他能用“园丁”作为借口摆脱警察，但 3 月多阴雨天气，如果是在下雨的黎明时分碰上了，该如何解释呢？警察成了他的梦魇。他常常梦见方丹警官用一把大剪刀修剪着花园，渐渐接近他躲藏的地方；他试着逃跑，却发现自己的脚在地上扎根了——他变成了一株兰花。“你不能长在这里。”警察一边说，一边抓住他的手。大剪刀闪闪发亮。

好在艾哈迈德已经习惯了。醒来时，他不再感到虚脱了。上学三个月了。每天早上，门口的助教们始终如一地和他打招呼，其他男孩等着他在课间休息时加入足球比赛，他桌上的法语读物越堆越厚。最棒的是，晚上他可以和马克斯一起相互检查作业，分享一天的生活。

“你的房间真是个灾难。”有一次，马克斯说。

“灾难？”

“一团糟。”

艾哈迈德难为情地看着酒窖——地板上散落着一堆用来练习法语的纸，旁边有一块香蕉皮，还有马克斯送给他的一堆漫画。自从开始上学，他就比以前更忙了，但这种凌乱也能给他安全感。

“你以前可是很整洁的，是不是出什么事啦？”马克斯打趣道。

艾哈迈德笑道："是我从前太完美了。"

两人玩闹了起来，但又不得不小心翼翼，以免吵醒马克斯的父母。

整个3月，方丹警官都没有出现。

一天，罗格朗夫人朝艾哈迈德挥动着一张表格："艾哈迈德，我可以和你谈谈吗？"

这很正常，她经常帮助艾哈迈德纠正法语作业中的错误，或者给他额外的表单或书籍。

艾哈迈德很高兴，现在即使不借助手势，他也能明白罗格朗夫人的意思了。他漫长而刻苦的学习开始有回报了。"可以的，夫人。"他小跑过去，经过马克斯、奥斯卡和法拉身旁，这才注意到罗格朗夫人拿的是3月底春假前的家长会的报名表。他的"妈妈"在表上签了名，说她不能来。

"告诉你妈妈，她必须来。"罗格朗夫人严肃地说，把表还给他，"这很重要。"

艾哈迈德第一次希望自己不懂法语。他迟疑地点了点头，拿过那张表。"这很难，夫人。"

罗格朗夫人表情柔和地问道："为什么呢？"

艾哈迈德吞了吞口水，试图想出一个答案。这可是件重要的事，现在离家长会还有两周的时间。编造贾斯敏或诺里生病了吗？或者，就说妈妈病了？但他不能让罗格朗夫人担心自己无人照料，或向政府反映些什么。

"马克斯，好好写作业！"罗格朗夫人生气地说。

艾哈迈德瞥了一眼马克斯，发现他正看着自己。马克斯显然已经明白发生了什么事，至少他大胆的眼神让罗格朗夫人分心了。

罗格朗夫人叹了口气，转身向艾哈迈德走去：“告诉她，如果有必要，我可以去家访。”

艾哈迈德强颜欢笑，“不用，夫人，不需要。”他小心地折好报名表，走回自己的座位。

放学后，马克斯在花园里召开了一个紧急会议。这次，艾哈迈德没有躲在冬青树丛后面，而是跟着马克斯、奥斯卡和法拉从前门进来。这样走进屋子的感觉反而让他有些不自在。他见到了波林夫人，和其他人一起吃着餐桌上的猕猴桃片和酥皮饼干。和预料中一样，波林夫人看他的眼神十分冰冷，就像今天的天气一样。她盯着他和法拉。泰迪则表现得十分热情，不断地蹭着他的小腿，或跳到他的膝盖上。艾哈迈德担心猫的亲昵行为可能会对他不利，但波林夫人被逗乐了。

“嗯，这只猫喜欢他。”她用法语低声说。

吃过点心，孩子们去花园里踢足球。波林夫人透过落地窗看了他们一会儿。她的身影刚一离开，马克斯就让大家停下来。“好了，”他用英语说，“计划是什么？”

奥斯卡给法拉翻译，她的法语太快、太轻，艾哈迈德很难理解。

“她说她可以在家长会那天早上打电话请假，”奥斯卡说，“说她生病了。”

“但是罗格朗夫人会重新安排会面的。”马克斯说。

“如果她想去找我妈妈怎么办？”艾哈迈德补充说，“她说她可以去家访。”

看来这个计划不行。艾哈迈德瞥到一个花坛。距离他上次修整花园已经快一个月了，那儿又被杂草覆盖了。他弯下腰，把蒲公英从土里拽出来，以便给那些泥土中浅绿色的花茎腾出地方。

“你不用干这个，”马克斯说，“波林夫人知道你是我的朋友。”

艾哈迈德耸了耸肩：“花园需要整理了。”

法拉跪在他旁边，也开始拔杂草。“你有信任的成年人吗？”她用缓慢而简单的法语问道。

艾哈迈德思考了一下，然后看向马克斯，“易卜拉欣，那个和我一起来这里的人，他和他的家人很有可能还在莫伦贝克。”突然，身后有什么东西裂开了，吓了他一大跳。

原来是奥斯卡踩断了一根棍子。每个人都神经紧张，稍有风吹草动都会心跳漏一拍。

“如果让他扮演你的叔叔……怎么样？可以让他来学校代替你妈妈。”马克斯轻轻地跳起来，满脸兴奋，“你能给他买个假身份证吗，奥斯卡？”

在奥斯卡回答之前，艾哈迈德摇了摇头，“他也有可能不在这里了。我们最后一次见面是在六个月前。我怎么能让他冒着说谎的风险来这里帮我呢？”他躺在潮湿的草地上。还能坚持多久呢？新的威胁似乎比花坛里的杂草来得更快。也许该去追寻最初的梦想了。但独自去加来的话，他就不能再上学了，还要离开朋友们……想到这里，他就失去了去加来的兴趣。

“别担心。”法拉用法语说道。

“是的，”马克斯说，“我们会想办法的。”

令人欣喜的故事结局

对现在的马克斯来说，在课堂上做听写练习已经没有难度了，这种时候，他就在偷偷思考计划；和奥斯卡在树林里练习莫尔斯电码的时候，他也在思考；即便躺在床上，等着时间去酒窖见艾哈迈德的时候，他也在思考；课间休息时，甚至在进球后帮奥斯卡和其他男孩高高举起艾哈迈德的时候，他也仍在思考。

周五下午放学后，马克斯本来是要看足球比赛的，但他一屁股坐到父母床上时，又开始了新一轮的思考。播报员喋喋不休的声音、体育场上运动员的喊声、人群中沉闷的喧嚣声，仿佛都远离了自己。他感到平静。

就在这时，波林夫人冲进来抓住了遥控器。电视画面切换到了街上，一个警察模样、举着突击步枪的男人拖着一个穿白外套的人，屏幕下方的荷兰语新闻在滚动。

“发生什么事了？”马克斯问道。

“他们抓住了他！”波林夫人说。

“谁？”马克斯从床上跳了下来

“一直在找的那个巴黎恐怖分子。他们终于找到了他，就在莫伦贝克。”

逃亡的恐怖分子被抓住了！他就是封锁的原因，就是警察遍布的原因！也许借着这个人被拘留的机会，人们会冷静下来。也许，他们甚至会开始同情像艾哈迈德这样的难民。

“时间够长了！”波林夫人继续说，“几个月来，他一直在他们的眼皮子底下。警察和保安部队在信息共享上做得太差了。这就是十九支警察部队合作的结果，每个公社都有一支呢！”

“他们是怎么找到他的？”马克斯问道。

波林夫人忍俊不禁：“比萨！警察盯着可疑公寓，住在里头的女人为她和孩子订的比萨太多了。警察猜到公寓里的人应该被挟持了。”

“他一直和这个女人待在一起？”

波林夫人严厉地看了马克斯一眼：“当然不是。他在城里到处躲藏。四个月了！他不可能自己躲藏。我打赌一半莫伦贝克人都知道。”

“只是藏一个人，不会需要那么多人吧？”马克斯平静地说。

“你有没有去过莫伦贝克，马克斯？那儿简直就不像是欧洲！”

马克斯想说法拉住在那里，又憋了回去。他想波林夫人可能会以此作为她讨厌法拉的证据。她并不知道法拉是班里最善良的人，只知道她妈妈戴着头巾。

“我希望那个女人和所有帮助他的人都被送进监狱，”她继续说，“或者回到他们来的地方！”

“但是为了躲避警察而把某人藏起来也不见得一定有错吧？”马克斯脱口而出。

“当然，”波林夫人同意道，“比如饶纳尔。他不仅藏起了那个犹太男孩，还帮助他逃走了。”

马克斯不知所措地看着她：“等等！拉尔夫逃走了？！我以为邻居背叛了他们，盖世太保就把他们全抓走了。”

“那天晚上，盖世太保逮捕了饶纳尔和拉尔夫的父母。但在开门之前，饶纳尔让自己的儿子皮埃尔帮助拉尔夫逃走了。因为他知道除了盖世太保，谁会在凌晨五点敲他家的门呢？”

“那是拉尔夫的同学吗？”

“是的。他让皮埃尔上楼叫醒拉尔夫，告诉他有紧急情况。”

“所以他藏在秘密阁楼里？”

波林夫人戏剧性地停顿了一下：“拉尔夫爬上窗户，穿过屋顶，然后爬了到邻居的花园里。”

“那他们为什么还是逮捕了饶纳尔？”

“纳粹不是笨蛋。他们搜查了房子，发现顶层的一张空床还是暖和的。但那个时候，拉尔夫已经跑到饶纳尔的表兄家里了。那个表兄在五十周年纪念公园博物馆工作，他让拉尔夫藏进文物堆里过了一夜，最后把拉尔夫转移到了安全的地方。”

马克斯难以置信，直到现在，他才听到这个故事鼓舞人心的部分，而这也改变了他心中的一些想法。“所以，拉尔夫在战争中幸存下来了！”

“多亏了饶纳尔一家。他们是真正的英雄。”

这才是这个故事真正的结局，一个令人欣喜的结局。马克斯的脸上挂着滑稽的笑容。

“但是，藏起一个无辜的男孩和藏起一个恐怖分子，这是完全不同的。”

波林夫人毫无疑问是正确的。艾哈迈德是无辜的，他这样的男孩应该得到同情和帮助。马克斯知道自己做的事是正确的。如果他刚发现艾哈迈德时就报警，或是把人赶走，如果他没有勇气倾听艾哈迈德的故事，他就是个蠢蛋！

那天晚些时候，马克斯打开卧室的窗户，跨过护栏，爬到父母卧室后面的沥青屋顶上。他紧靠着窗户，把一只手放在他从来不喜欢的高处护栏上，以便能看到镇上的屋顶是如何连接起来的。他不难想象拉尔夫当时如何攀越它们。

随着最后一批巴黎恐怖分子被关押起来，马克斯希望艾哈迈德的故事也能以令人欣喜的方式结束。

那天晚上，他坐在野营垫上，把一个袋子递给艾哈迈德，问道：“有什么主意吗？”自从罗格朗夫人提出开家长会后，这句话已经成为他们习惯的问候。

“没有，”艾哈迈德说，“你呢？”

马克斯歪着头看着袋子：“打开它。我带了好东西——鹰嘴豆、橄榄、新鲜面包，还有一块巧克力蛋糕甜点。不过，你可能得和人一起分享了。”

“和谁？”艾哈迈德故作不解地问道。

“你最好和……我先说个好消息。”

艾哈迈德挑起眉毛：“你想到办法了？”

“我们会想到的。”马克斯说，“他们抓住了那个巴黎事件的恐怖分子！”

艾哈迈德露出释然的笑容：“这很好。”

马克斯抓住他的胳膊：“应该说太棒了！既然他们抓住了那个家伙，大家就不会那么担心害怕了。还记得去年秋天我告诉你，你不能永远藏起来吗？也许现在就是你公开身份的时候了。”

艾哈迈德脸上的笑容僵住了：“这就是你的办法吗？”

马克斯继续说：“学校里的每个人都喜欢你！他们都认识你。告诉他们，肯定比被方丹警官或其他警察抓住更好。”

艾哈迈德推开他，抱住了膝盖。

马克斯担心艾哈迈德会因此疏远自己，谨慎地说：“这取决于你，如果你不想这样，我什么也不会说。只是……你知道，学年结束后，我得回华盛顿。只剩下三个月了。你得告诉我……”

艾哈迈德愤怒地看着他：“当然，我知道！我也不想再说谎。你觉得，他们会因为抓住了一个人就做出多大的改变吗？下一个会怎样？在百万难民中，总有一两个是坏人。所有的难民将再次被当作坏人。我想告诉你，马克斯，我还不想离开——”

“幸福学校，我知道。”马克斯说，“罗格朗夫人喜欢你，她会帮你争取的，我也会帮你。”

“我喜欢的不只是学校。还有你！”

马克斯哽咽了一下：“也许你可以和我们待在一起，我父母可以带你去美国？”但他能猜到父母的反应，如果父母发现艾哈迈德实际上与他们一起生活了半年，是不太可能收养他的。他看得出艾哈迈德对此也将信将疑。最后，他坚定地望着艾哈迈德，“嘿，不管怎样，我不会放弃你的。”

“没人敢保证，马克斯，没人这么厉害。”

马克斯觉得喉头又是一酸。这是可怕的事实。艾哈迈德活了下来，但没有人能永远待在自己爱的人身边。没有人能永远帮助别人，就像别人也不可能永远帮助自己一样。

但……至少应该试试！

“我是认真的，艾哈迈德。我能确保不会坏事的。”

艾哈迈德摇了摇头，温柔地微笑起来：“我考虑一下。”

近在身边的袭击

3 月 22 日，周日。

早晨六点过后，艾哈迈德才醒来。太阳已经升起，他估摸着应该六点半了，得赶紧走了。他匆匆穿上衣服，冲到家具室去看了一眼兰花。那株最健康的兰花已经冒出了花蕾。他单脚跳着穿运动鞋，还差点儿摔倒。离家长会只剩三天了。他一直在想要怎么做。他违反了那么多次规定，很难像马克斯一样相

信成年人会保护自己。就算要说出实情，他也不会是孤身一人的，马克斯会陪着他。他凝视着沐浴在阳光中的花蕾，沉重的心情变得开朗起来。这似乎是个好兆头，是来自大自然的消息，仿佛有个声音在说：“一切都会好起来的。”

艾哈迈德翻越花园的墙，踏上韦尔戈特广场。天空湛蓝，万里无云。阳光灿烂的日子终于来到了，温暖的春日氛围、朋友和足球，让他平静下来。后来他意识到，自己忘记了战争带给他的最重要的教训——越是想摆脱麻烦，麻烦就越会找上门。

“我是来找马克斯的。”

在罗格朗夫人的历史课上，一个熟悉的声音让艾哈迈德分了心。他抬头一看，马克斯的妈妈站在门口。她喘得上气不接下气，脸颊上贴着一缕头发。

艾哈迈德瞥了一眼墙上的钟，才九点半，她为什么现在来接马克斯？

罗格朗夫人皱着眉头，显然因为被打断上课有些不满。艾哈迈德望向马克斯，他也只是眨眨眼睛，看起来和其他人一样困惑。

“你可以出来了。”马克斯的妈妈用法语说道，向马克斯挥挥手。

罗格朗夫人点点头：“去吧。”

马克斯迅速收拾好课本和作业，走出了教室。关上门，罗格朗夫人继续讲课。但马上，门又开了。一个陌生的男人站在门口，他似乎也在赶时间，气喘吁吁的。

“我要带夏洛特回去。”他说。

艾哈迈德这才注意到很多父母都带着孩子离开了。一定是出事了！一定是发生了糟糕的、可怕的事情！他立马想到了恐怖袭击！他顿时感觉神经紧绷，快要喘不过气来了。马克斯会被他妈妈安全地送回家，学校离家只有两个街区。但马克斯的爸爸和姐姐呢？恐怖分子可能会袭击政府大楼，甚至更可怕——袭击学校。

罗格朗夫人也觉察到一定发生了什么严重的事，于是和夏洛特的爸爸一起去了大厅。

“发生什么事了？”法拉惊慌地问。

远处传来警笛的呼啸声，似乎给出了答案。朱尔斯和安德烈立即跑到窗口去张望。

“别走近窗户！”艾哈迈德大喊。

大家都望过来。艾哈迈德涨红了脸。他只是想让大家安全，但听起来好像他知道外面发生了什么似的。如果他们把他当作恐怖分子，或者认为他了解恐怖分子，怎么办？

一张纸条落在桌上。艾哈迈德把它展开，上面写着一句英文：“保持冷静。”

艾哈迈德看到奥斯卡正盯着自己。他点了点头，但他很难不惊慌。他是非法难民，还伪造了证明。整个城市都在找像他这样的年轻人。他只想跑回马克斯家的酒窖里，但现在逃跑太可疑了。在学校里待着可比在街上和恐怖分子、士兵、警察一起更安全。

罗格朗夫人回来了。她继续讲课，但显然心不在焉，不断地看着窗外，甚至忘记了自己要说什么。校董伯特兰女士走了进来，给大家带来了一点儿安慰。她低声对罗格朗夫人说了些什么，然后转身面对大家。艾哈迈德能听懂一些短语：“机场爆炸”“一些家长带孩子回家了”“学校现在封锁了”。她试图让孩子们相信学校是安全的，但窗外长鸣的警笛使艾哈迈德怀疑她隐瞒了什么。

这一天接下来的时间，好像没什么特别的。罗格朗夫人教了如何解方程式；孩子们在健身房学了尊巴舞；回到教室以后，大家讨论了拉·封丹的寓言和思想品德课上的内容。但艾哈迈德知道，这一天并不普通。没有人嬉闹或捣鬼，大家都神经紧绷。

吃午餐和课间休息的时候，谣言和故事流传开来。奥斯卡说他听到秘书告诉一位老师机场被炸了。苏曼里女士对法拉说，莫伦贝克地铁站也遭到了袭击。艾哈迈德无精打采的，他想起了上回坐在马克斯自行车后座去博物馆的那条路，甚至欧盟委员会总部附近的舒曼地铁站，或许也有一枚炸弹呢。

“这太糟糕了。”法拉反复念叨着。

现在的情形下，艾哈迈德不能说实话了。政府会把他关起来的，或者将他驱逐出境。课间休息的时候，他六神无主地踢着足球。警察的直升机一直在低空来回巡视，轰鸣声令他感觉像是回到了故乡，仿佛面前就是炸弹，他不得不压制住逃跑的冲动。

“别担心，”一架飞得极低的直升机的嗡嗡声过后，奥斯卡对他说，“就这样过一天吧，你在马克斯家会安全的。”

然而到了下午，连罗格朗夫人都不再强装镇定了。她让孩子们画“幸福照片”。艾哈迈德不假思索地画了张草图。这是个能令他冷静下来的方法。

“这个花园真漂亮！”罗格朗夫人站在他面前赞许道。

“谢谢您，夫人。”

他画的是马克斯家后面的花园。罗格朗夫人询问他能不能把画挂在教室里。虽然他觉得拒绝不太礼貌，但他还是希望能自己保存这张画。

方丹警官的职责

整个上午，马克斯都坐在电视机前。不同的电视台反复播放着同样的画面——人们惊叫着从浓烟滚滚的机场跑出来；在莫伦贝克，乘客跌跌撞撞地逃出地铁站。他在父母的卧室里看电视，克莱尔和父母都在答复来自亲戚和朋友的关心邮件。三十二人死亡，数百人受伤。新闻上的画面深深烙进了他的脑海。唯一让他感觉好些的是他爱的人都安全。那天早上，妈妈没有乘地铁，而是选择步行；爸爸开车把克莱尔送回了家；艾哈迈德可能还在学校，妈妈把自己带回来不久，那儿就和布鲁塞尔的其他学校一样被封锁了。

两点左右，门铃响了。

“会是谁？”妈妈吓了一跳。

爸爸走下楼梯，马克斯紧随其后。

会是艾哈迈德吗？

“别给陌生人开门！”妈妈在他们身后提醒道。

爸爸这次采纳了她的建议，先从厨房的窗户向外面张望。“别担心！是那个警察。”

方丹警官站在门口，一脸严肃。马克斯的心里“咯噔”了一下。幸好艾哈迈德不在。但如果方丹警官想检查一下酒窖呢？马克斯还没想好要不要跑下楼去清理艾哈迈德的东西，爸爸已经开门了。方丹警官走进前厅。克莱尔站在在楼梯上，警觉地看着马克斯。

“霍华德先生，很抱歉打扰你，”方丹警官说，“由于上午的事情，城里现在已经进入紧急状态了。”他的眼睛飞快地扫过马克斯、克莱尔以及他们的妈妈。

妈妈走过克莱尔身边，跑下楼梯。“太可怕了！”她说，“您觉得还有炸弹吗？”

“我不确定，夫人。”方丹警官一本正经地说，“反恐部门已经从犯罪分子那里得到了一些信息。他们正在破译密码，我可以向您保证，我们会抓住每一条线索的。”

“希望您能抓住他们。”爸爸说。

“我已经完成了个人的使命，先生。我们必须互相帮助，这就是我来这里的原因。希望你能存一下我的手机号码。”方丹警官在一张卡片上写下电话号码，郑重地交给了马克斯的爸爸。“如果你发现什么异常，不要犹豫，给我打电话。那些恐怖分子不只待在莫伦贝克。他们有可能躲在任何地方。留心那些行事诡秘的年轻人，非法闯入的那种。”

马克斯有点儿喘不过气来了。方丹警官无异于让大家多加留意像艾哈迈德这样的人。

“好的好的。”爸爸应承道。

“还有孩子们。”方丹警官瞥了马克斯一眼，又望向克莱尔，微微一笑，“有人说，有时孩子们比成年人更敏锐。”

马克斯用祈求的眼神看着克莱尔，希望她什么都别说。克莱尔转身走上楼梯。

方丹警官猛地在马克斯肩上一拍：“我们会抓住他们的！别担心！”

放学铃声终于响起，艾哈迈德和同学们一起走出教室。紧张而压抑的一天结束了。石拱门仍然锁着，校园里看不到孩子们的父母或其他监护人。大家都在窃窃私语。助教在维持秩序，并解释说，出于安全考虑，家长不能进入学校，得一个一个把孩子接走。伯特兰女士在校门外给家长们解释新规则。

艾哈迈德吧唧着嘴。“她说单独回家的孩子怎么办了吗？”他问奥斯卡。

奥斯卡摇摇头：“也许你可以走了？”

艾哈迈德悄悄溜进了通往棕色大门的队伍。他到达门口时，发现伯特兰女士并不是独自一人，方丹警官在门的另一边，还佩着枪。

“艾哈迈德！”方丹警官看到了他。

艾哈迈德的心怦怦直跳。“您好，先生，”他下意识地问，“您好吗？”说完他就后悔了，这话简直不能再蠢了！至少他还能说话，而他的腿已经生了根似的无法挪动。

“不好。你知道发生了什么事吗？”方丹警官的语气很尖锐，好像艾哈迈德和这事有关似的。

艾哈迈德点了点头：“太糟糕了。”

“是的。”方丹警官说完，回头看了看人群中的父母们，“你妈妈呢？”

艾哈迈德不知道说些什么，只好摇摇头，举起他的通行证。

但方丹警官懒得看：“你妈妈肯定来了。”

没错，在恐怖袭击的日子，什么样的妈妈会让自己的孩子一个人回家呢？无论艾哈迈德给出什么样的借口，都会令人感到奇怪。

“她不能来。”艾哈迈德有点儿哽咽。

方丹警官额头出现了皱纹，显然这个答案令他困惑。他张开嘴，但还没说什么，对讲机里就响起了一个声音。他把对讲机从腰上扯下来，微微转过身去：“我是方丹，我在听。”

艾哈迈德趁机从他身边溜过，走进了家长们当中。家长们都以为他正在向人群外的某个人走去，所以自动给他让道，而后又紧紧地排在一起。他们都急切地想把孩子带回家，所以也成了艾哈迈德的保护者。仅仅几秒钟，他就走到人群的另一头了。就在即将转过拐角时，他瞥见了身后的方丹警官和女校董，接着，方丹警官远远地指了指他。

一切本能都在发出警报——警察注意到自己了！很快就会有人敲响马克斯家的门，很快大家都会有麻烦！

告别酒窖

直到天快黑时，马克斯终于看到艾哈迈德翻过了围墙。他这才松了口气，不过他仍无法和艾哈迈德说话。父母还醒着，电视节目要播放到深夜。为了保持清醒，马克斯独自玩了一个多人游戏，但他心不在焉，思绪飘向了如何安抚艾哈迈德，反正不能提方丹警官来访过吧。

敲门声打断了马克斯的思绪。他爬起来，以为是艾哈迈德。他打开门，看见的却是克莱尔。

克莱尔小心翼翼地关上门，转过身。“他在家里吗？”她问道。

“嗯，他没事。”马克斯知道她说的是艾哈迈德。

“那可太好了。”

马克斯听出了语气中的讽刺意味。“你说什么？”他问道。

克莱尔深吸了一口气，说道：“你不能一直藏着他。”

马克斯感觉受到了重击，仿佛自己被侮辱了一般：“我能！”

“马克斯，醒醒吧！今天那个警察来找的人和他很像。他们可是刚刚炸死了几百人呢！”

马克斯直视着她：“艾哈迈德不是恐怖分子。”

“我没有说他是恐怖分子。”

“那你是什么意思？”

克莱尔移开视线，目光越过卡片和棋盘，望向地板：“马克斯，这不是游戏。妈妈上班时不是每次都走路的，她也可能坐地铁。如果她今天遇到爆炸怎么办？”

马克斯避开了她的目光，因为这恐怖的想法也在他的脑海里出现过。“艾哈迈德绝不会向任何人投放炸弹的。他只是想去上学！他和这一切毫无关系。”

克莱尔摇头，长发跟着颤动：“没有关系？你懂不懂啊？你窝藏了一个非法难民！你还让学校录取了他。今天警察来我们家了，因为紧急状况！你脑子坏掉了！”

“你别告诉他们！”

“他得走！真是一团糟！”

帮助艾哈迈德已不再是“辉煌”了，现在只是“一团糟”。但克莱尔似乎忘了马克斯也有自己的把柄。

“那我只能告诉爸爸妈妈，在巴黎袭击期间，你偷偷跑出去参加聚会。”

克莱尔苦笑了一下，“你觉得我会怕这个吗？溜出去参加聚会和你现在的所作所为相比根本算不了什么。”说完，她向门口走去。

在她开门之前，马克斯抓住了她的手。“求求你了！”他恳求道，“我会告诉他们的，但不是现在。现在是最糟糕的时候。”

克莱尔很生气：“你有没有想过，搬到布鲁塞尔的这段时光是我生活中最糟糕的？就是因为你，爸爸妈妈居然觉得来这里是个好主意！他们一直在讨论给你一个新的开始。但我不需要什么新的开始！他们只为你考虑！”

马克斯克制住怒气：“因为他们想让我更像你！”

“嗯，你是应该学着像我们这些人，至少用用脑子！你让我们处于危险之中了！”

“处于危险之中的是艾哈迈德，不是我们！你别被方丹警官唬住了！”

“我不是害怕，而是聪明！”

马克斯很想大声说，聪明并不代表一切，善良也同样重要，但他克制住了。“行了，”他尽量平静地说，“我知道你的意思。我让所有人都感到困扰，我哪方面都很差劲！但我一直把艾哈迈德藏得很好，我已经让他安全了。我很多事情做不好，但这一点，我做得很好。”接着，他低声哀求，“求求你了，克莱尔！我现在不能把他赶出去，请你再给我一点儿时间。”

克莱尔什么也没说，但也没有转身走掉。过了一会儿，她叹了口气：“好吧。”

父母房间的灯光终于熄灭了。马克斯已经迫不及待了，但还是强迫自己在房间里又待了二十分钟，直到确保父母都睡着了，才踮着脚下楼。他把厨房里的残羹剩饭装进袋子里，顺便思考着一会儿要对艾哈迈德说什么。肯定不能提方丹警官、克莱尔，或者某个恐怖分子仍然逍遥法外这样的事，得说点儿实际的，例如学校——由于地铁、电车和公共汽车停运，很多人第二天都没法去上学，很多家长也没法参加家长会。这给了艾哈迈德一个新的选择——如果他不舒服的话，可以待在酒窖里，而且不会令人生疑。

马克斯敲了敲酒窖的门。“艾哈迈德。”他轻声喊道。

无人应答。

马克斯呼吸加速。他告诉自己，这么晚了，艾哈迈德可能已经睡着了。他推开门，走到水泥门厅。“艾哈迈德！”他又喊了一遍。

仍然是一片寂静。

马克斯冲进酒窖，又赶紧停下，担心会踩到野营垫。但野营垫、毛毯、衣服、书，都不见了。食物袋子和“笼子人”的照片也不见了。

艾哈迈德也不见了。

马克斯跑上楼，匆匆穿上夹克衫。他伸手去开门，听见了屋外的警笛声。到处都是警察。这么漆黑的夜里，他怎么可能找得到艾哈迈德呢？他更有可能被警察拦下来送回家吧。他找到备注着“艾哈迈德妈妈”的号码，想联系法拉。但通话转接到了语音留言：“我是蕾姆·纳赛尔。请留言。”他发短信给奥斯卡。但几分钟过去了，没有收到回复。奥斯卡应该已经睡着了。

艾哈迈德不可能连“再见”都不说就离开。马克斯跌跌撞撞地走到地下室前头的房间，拉开红色的窗帘。兰花还在那里，成长灯没有插电。兰花的根茎散落在花盆两边，仿佛它们感受到艾哈迈德已经离开了，不顾一切地想挽留他。

马克斯的眼睛模糊了。他立即注意到那株最大的兰花好像想说什么，有一张纸卡在它的根部，他抽了出来。

亲爱的马克斯：

这一株是会开花的，请照顾好它。

谢谢大家！

你的朋友 艾哈迈德

第五章

新的疯狂计划

无处可去的孩子

艾哈迈德坐在路灯灯柱下。他迈不出开步子了，眼睛也因疲惫而睁不开了。他本来想去莫伦贝克找易卜拉欣的亲戚，也许他们会留自己过夜，也许易卜拉欣还没有走。但莫伦贝克在这座城市的另一头，无论走哪条路，都有很多警车和警笛声。所以，他得改变计划。他想离开布鲁塞尔，但公共汽车、地铁和火车都停运了，即使他想方设法出了城区，到了郊外，也无处可去。他没有钱，袭击事件发生后，没有人会愿意收留自己的。

艾哈迈德快要崩溃了。他只想回到酒窖，回到马克斯身边。他连“再见”都没有说，只留下了一张便条。马克斯一定很担心自己。

在交叉路口另一头的小广场上有一对石塔。他跌跌撞撞地穿过街道，经过石塔，走进一扇铁门。这是一个公园，有一个干涸的喷泉水池。道路在幽暗的冷光照射下，顺着几个方向伸展。艾哈迈德选了其中一条，继续前行。

这路可真奇怪啊！中央是鹅卵石铺的，边缘则是扁平的大石头铺的。小路两侧排列着木制的长凳，诱惑着艾哈迈德坐下休息。但他没有坐下来，一旦停下来，他就会睡着的，他不能冒险让人发现自己。他垂下头，注意到一些扁平的大石头上有几排小孔。这些孔大小相同，沿着整齐的水平线排列，看起来像某种代码。这些图案是什么意思？为什么有些石头有孔，有些没有？当走到一盏白颜色的灯下时，他才注意到小孔之间刻着文字。

“卡——米——尔。”他读道。

下一行写着“1848—1877”。

他跳了起来。他正站在一块墓碑上！这条路是由墓碑铺设而成的。这里是墓园吗？他环顾四周，只看见一片篮球场般宽阔的草坪。这里肯定是公园，是个每天都有人在墓碑上走过的公园。散步的人们、宠物狗和骑自行车的孩子穿过墓碑，直到上面的名字都被磨掉，只剩下凿孔的痕迹，最终变成光滑、空白的石头。

艾哈迈德蹲下来，泪水模糊了双眼。他知道哭泣很傻。生活总会掩盖死亡，但那些褪去的名字是他的爸爸和妈妈，也是贾斯敏和诺里。他突然想起来了，那颗炮弹就是在一年前的 3 月 23 日落下的。午夜已过，那就是今天了。在这里，在他们亡故的周年纪念日里，他踏过他们，把他们的名字碾进尘埃里。

他摇摇晃晃地站起来，没有擦眼泪，让泪水顺着脸颊落在卡米尔的墓碑上。学校和马克斯都远去了。他的家人对任何人来说都不值一提，除了他自己。他们只会遗留在历史中，他们的名字会消失，变成匿名的数字，他们只是死去的人中的万分之一、十万分之一、百万分之一。而现在，他自己也成了游荡在黑夜里的鬼魂，但他不想吓到任何人。

他抬头看着星空，但他不敢站在那里太久，他担心被人发现。即使已经站在绝望的边缘，他也仍在努力寻找生机。

艾哈迈德从墓碑上跳下来。他开始跑。他看见土堆上有一个巨大的木制地球仪，下面插着几根管子，就像一条章鱼。篱笆围绕着这奇特的章鱼状结构。他爬上去，发现那是操场的一部分，这些管子是滑梯。他冲进橡胶堆，从一个小洞爬进木制球体。这不是一个好的避难所，夜间的凉风能透进来，但至少不会被人看到，只要在早上孩子们和他们的父母来这里玩耍之前离开就行。

艾哈迈德蜷缩成一团，把脑袋枕在书包上，感到一阵虚脱。

意外的好消息

第二天清晨，不到八点，门铃就响了。马克斯立刻跑到厨房窗口张望，期待着能看见艾哈迈德的身影。但来的是奥斯卡。马克斯抓起外套和书包，快速地走向门口，他的父母跟着他一起走进了大厅。

“霍华德先生、夫人，你们好。”奥斯卡礼貌地打了招呼，接着走过马克斯身旁，亲吻了马克斯父母的脸颊。这一招实在是太妙了。马克斯的父母还没有完全习惯比利时人的问候方式，他们脸红了，笨拙地摸摸脸颊。

马克斯趁机打开门，走下台阶。他取出自行车，朝奥斯卡点了点头。奥斯卡已经跳回到自己的自行车上。

“你要去哪儿？”妈妈问道。

“我们骑自行车去学校。”奥斯卡说。

马克斯的妈妈跟在后面追了一步：“等等，马克斯，我不——”

“哦，让他们去吧，反正就在社区附近。”爸爸劝道。

马克斯赶紧骑车走人：“放学后见！”

他们经过艾伯特·饶纳尔的家，但没有右转去幸福学校，而是往左转，直到街区尽头的交叉路口才停下。

奥斯卡掏出手机：“我跟法拉说过，我们一会儿就给她打电话。”

“她在哪儿？”马克斯问道。

“家里。她那头的地铁仍停运。”

“嗨，”奥斯卡在电话里说，“是我。马克斯也在。”他按下免提键，法拉的声音传了出来。

“我知道艾哈迈德在哪儿，”她说，“那个人，易卜拉欣，和他一起来这儿的那个人。如果他有麻烦……”

“艾哈迈德会设法找到他！”马克斯说，“他有家人在莫伦贝克吗？”

“一定有，”法拉说，“易卜拉欣·马勒基……不，马拉基！就是他！”

马克斯捏了捏自行车把手。

“法拉，你在莫伦贝克。你能找到他吗？”

“莫伦贝克有数万人呢！”

“我会找到他的。”奥斯卡打断了他的话。

“怎么找？”马克斯问道。

“我可以用公社里的电脑找到任何人的信息。只要我告诉我妈妈，我去学校的路上很不舒服，她就会让我在那里玩。”

马克斯笑了笑。“犯罪心理学。”然后他对法拉说，“我可以骑车去莫伦贝克找他。”

“我们一起去，”法拉说，“这里到处都是记者在采访，弄得人心惶惶的，不太适合你一个人晃悠。我们在‘论坛’外见面。那是个很大的家具店，就在一条叫德和路的购物街上，公社路的拐角处。那儿以前是座老电影院，别走过头了。”

九点四十五分，马克斯骑车进入了公社路。此前，新闻采访和波林夫人都让他以为莫伦贝克已经成为恐怖分子培训基地了。事实上完全不是那么回事。他惊奇地看到，有着铜制屋顶的漂亮房屋两侧是个铺着鹅卵石的广场，居民住所和商店鳞次栉比，其中有的已经恢复营业，有的正在准备中。如果没有停放在广场上的新闻工作车，以及车顶上如同白色巨耳的卫星信号器，今天也只是普通的一天而已。

马克斯进入地图上显示的德和路拐角，映入眼帘的是更多的店铺。吊灯、地毯、花边窗帘、布匹……卖什么的都有。男人们坐在咖啡厅里，喝着热气腾腾的茶，而非酒类饮品。弯曲的街道和建筑，尤其是高高的窗户和山形屋顶，都是典型的比利时风格。不一会儿，他就看到了一栋顶着红色遮阳棚的白色建筑，上面用白色字母标着“论坛”二字。他还没进去，就看见法拉向自己跑来。

“奥斯卡告诉我地址了，”她用法语说，“不远。走吧！”

他们走出德和路，进入两侧都是居民楼的住宅区。法拉指着一个安静的街区停下脚步："他们就是在这儿抓住那个巴黎恐怖分子的。"

马克斯其实并不关心这个。他望向那栋有着铁艺阳台、稍稍陈旧但仍然美丽的大楼，问道，"你觉得有多少人知道他就在这里？"

"有一些吧，"法拉说，"有些年轻人找不到好工作，甚至无处容身，有的就会犯罪，然后被一些激进组织找上。不过大部分人不会参与其中，毕竟他们只想好好生活，不想和激进分子或警察有任何关系。"她在一栋高高的红砖公寓楼前停了下来。

"也许你是对的，但不要告诉艾哈迈德，他已经吓得够惨的了！"

白色蕾丝窗帘遮住了公寓所有的窗户。马克斯听到一阵门铃，但不知道是谁家传来的，人们已经把门牌上的名字都抹去了。

"封锁之后，很多人都这么做。"法拉解释说，"他们不想受到警察的打扰。"

"奥斯卡给你公寓号了吗？"马克斯问。

"只说在一楼。"法拉一边说一边按下门铃。没人回答，她就试着按了另一个。

一个男人的声音传来："请问是哪位？"

"我是法拉。我要拜访马拉基……"然后她和男人说了几句柏柏尔语。

门开了。两人从昏暗而陡峭的楼梯爬到二楼。法拉停在楼梯间里，指着右边的门，门口整齐地摆放着一排鞋子。"他说他们住在这里。"

马克斯冲过去敲了敲门。他听见门闩滑动的声音，接着门“吱”的一声拉开了几英寸。一个胡子拉碴的男人出现了，他的棕色眼珠转动着，很明显对眼前的陌生人感到困惑。

“我找艾哈迈德·纳赛尔。”马克斯说。

那人打开门，盯着马克斯和法拉：“你们认识艾哈迈德？”

“我们是他的朋友，”法拉说，“我们不是来找麻烦的，我们只是担心他，来找他的朋友易卜拉欣·马拉基。”

男人立即眉飞色舞。“我就是易卜拉欣·马拉基，”他说，“进来吧，孩子们，来！”

他温暖的语气使马克斯满怀希望，以为艾哈迈德就在里面。

马克斯冲向门口，但胳膊被法拉抓住了。

“脱鞋。”法拉说。

马克斯有些不好意思。他脱下运动鞋，放到法拉的鞋旁边。两人跟着易卜拉欣，沿着狭窄的厅堂，走进搁着几条小地毯和蒲团的房间。马克斯本以为艾哈迈德会坐在那里，但房间里空无一人。易卜拉欣喊了一声，一扇房门开了，一个身材匀称的浓眉女人赶走一个大眼睛的女孩，开始烧热水。

“这是我的妻子，扎伊纳布。”易卜拉欣说，“还有我的女儿，班纳。”

扎伊纳布点点头，跟法拉打了招呼，然后和班纳消失在了另一扇关闭的门后。几分钟后，她送来了一些茶杯、酥蜜和坚果糕点。

“我很高兴你们能来。”易卜拉欣说。他坐在蒲团上，示意马克斯和法拉也坐下。扎伊纳布将茶水递给他们。

“我也在找艾哈迈德。”

马克斯的心凉了半截：“他不在这儿？”

易卜拉欣摇摇头：“自从 8 月份分开以后，我就再也没见过他。你是怎么认识他的？”

马克斯长长地叹了口气。法拉的担忧是对的！但他觉得应该对易卜拉欣坦白。于是他开始解释他如何发现艾哈迈德躲在他家的地下室、他们如何把他送到学校、艾哈迈德如何刻苦学习让所有人印象深刻、大家多么担心方丹警官和罗格朗夫人会发现，等等。

“我想是因为袭击事件太多了，”马克斯说，“他害怕了，就离开了。但我以为他会来找你。”

“我也希望他来。”易卜拉欣说。然后他说了句不可思议的话，马克斯几乎以为是自己听错了。

“抱歉，您能重复一下吗？”马克斯问道。

易卜拉欣缓慢而清晰地重复道：“他的爸爸正在找他。”

新的计划

早晨，艾哈迈德醒来的时候，操场仍然很安静。他缓缓坐起来，身体有点儿僵硬，还有些凉，但他很久以前就习惯了在不舒适的地方睡觉。他伸出脑袋，看见高高挂起的太阳才意识到已经将近中午。但操场上空荡荡的，长椅上没有父母或爷爷奶奶的身影，没有在婴儿车上哭泣的婴儿，也没有吵闹的孩子们跑来跑去或上蹿下跳。他立刻明白了——人们害怕外出。为了躲避战争，他逃了几千公里，结果发现还是不够远，战争依然如影随形。

艾哈迈德背上背包，从滑梯上滑下来。以前，他很喜欢滑行的感觉，喜欢降落到沥青路面前的期盼和不安；现在，他只觉得沉重。令他稍感宽慰的是周围没人，虽然在阳光灿烂的日子里，独自一人在操场上玩耍是很奇怪的。

马克斯现在在干什么？如果学校复课的话，他应该会回学校。他很担心自己吧？可艾哈迈德必须离开，如果警察找来了，马克斯就可以理直气壮地说他不知道艾哈迈德在哪里。

艾哈迈德思考着自己的计划。他要走出这座城市，也许去一个更大的、树木繁茂的公园，他可以藏起来，直到一切如常。然后呢？去加来，然后去英国。眼下还是不要想太多，一步一步来吧。他饥肠辘辘，包里还有些香蕉和发霉的面包。但他只能吃几口。谁知道他还要靠这些干粮撑多久？接着他爬上操场围墙，绕过滑板公园的莫卧儿人雕像，回到那条墓碑之路。在白天，他能看到更多的名字——奥古斯特、埃米尔……还有一些名字已经磨损和褪去了，即便在晴天，也依旧无法看清。

狗链的叮当声使他抬头看了看。一只小狗踏过墓碑，一个老妇人跟在后面。他知道对方只是路过，并没有看见他。但他还是慌乱地躲到树篱后面去了，直到听到妇人的脚步声和狗链清脆的声音远去，他才出来。他沿着主干道走着，广场中心的柱子上是一个真人大小、穿着裙子的女人剪头发的雕像，她的手臂搭在一个靠着她的孩子身上。艾哈迈德努力翻译着旁边的碑文：拉文斯布吕克纪念碑……死在德国集中营中……勇于反抗的女性和她们的孩子……这些孩子象征着逝去的苦痛回忆，以及保卫儿童的斗争、希望和未来。

艾哈迈德看着这些话，突然有些愤怒。女人死了，孩子也死了！还有什么希望？还有什么的未来？雕像似乎在凝视艾哈迈德。那个女人的眼神看向远处，仿佛有什么东西……艾哈迈德不由自主地转过身，想一探究竟。

“艾哈迈德！”马克斯站在干涸的喷泉前，嗓子都喊哑了。

从莫伦贝克回来的路上，他去了五十周年纪念公园，甚至偷偷去大清真寺和铺着巨幅地毯的祈祷室找了。他和奥斯卡分开去了不同的公园。地铁和公交都停运了，艾哈迈德不可能去很远的地方。如果他搭便车呢？不过遇到过埃米尔那个骗子之后，他应该不会再搭便车吧？希望艾哈迈德没有。

“艾哈迈德！”马克斯又喊了一声。

但是公园里空荡荡的，只有一位遛狗的老妇人。她用不太友好的方式盯着马克斯。但马克斯不在乎。没有人能阻止他找到艾哈迈德的决心，连艾哈迈德本人也不行。

“我知道你善于隐藏，”马克斯说，“但我善于发现。”他离开喷泉和硌人的石板路，继续寻找着，“艾哈迈德！”他不会放弃的。

艾哈迈德愣了一下。有人在喊自己吗？也许只是太饿了，都产生幻觉了。

不对，声音又出现了！

“艾哈迈德！”

艾哈迈德跑回纪念碑前，猛然发现了从墓碑之路上跑向自己的马克斯。他忍不住激动地笑起来，他终于意识到，在内心深处，自己希望被找到。

马克斯在他面前停下来，上气不接下气。

“你怎么样？”艾哈迈德问道。

“找了几个公园，但这不重要……”马克斯紧紧抓住他的手臂，“你爸爸！他还活着。”

艾哈迈德盯着他：这可能吗？不，也许有些话他没听懂，误解了马克斯的意思。

“你听见了吗，艾哈迈德？”

“我爸爸？”

“他还活着！”

他摇了摇头：“这……不可能。”

“你的朋友易卜拉欣·马拉基……”马克斯气喘吁吁地说，“他还在布鲁塞尔。上个月，他给他的旧手机充电……发现你爸爸给他发了很多信息。你爸爸说，海岸警卫队救了他。他在土耳其的医院里住了几个星期，不省人事。到他能打电话的时候，那个蛇头已经拿走了你的手机。他找不到你，所以他给易卜拉欣留言。”

马克斯从不说谎，易卜拉欣也从不说谎。这一定是真的。爸爸还活着！艾哈迈德跪在地上，泪水顺着脸颊流到了墓碑上。

“他还在土耳其吗？”

马克斯也跪在身旁：“他在欧洲，他想找你。他的最后一条消息里说，他被带到了匈牙利的一个拘留中心。”

艾哈迈德内心一沉：“你知道他具体在哪儿吗？”

“易卜拉欣说有个难民权利组织在帮他……”

艾哈迈德激动地跳起来：“我得去那个中心！就现在！”

马克斯把手放在他的胳膊上：“现在不能去，整个欧洲处于警戒状态。”

“但边界还是开放的吧？”

“我想是的，不过会有警察检查证件。”

“我有比利时身份证。”

“那是假的！”

马克斯是对的。这趟旅程将是极其危险的，但不去的话同样危险。“这里对我来说不再安全了。昨天城市遭遇袭击后，方丹警官看到我独自回家了，他问了女校董一些问题。”

“这就是你离开的原因吗？”

艾哈迈德点了点头：“我必须马上走。”

马克斯把双臂交叉在胸前：“你不能去！”

“马克斯！”

“你不能一个人去。”

“你想和我一起去？”艾哈迈德问道，心里已经有了答案。他想拥抱马克斯，并告诉他断了这个念头，他不能让马克斯一次次陷入危险。

“我们一起去不会那么可疑。我有真正的文件……”他的意思是，和一个白皮肤的男孩同行，会让艾哈迈德看起来不那么像危险分子。

艾哈迈德无法反驳，但他不能让马克斯同行。“像我这样的男孩独自旅行，人们不会担心的，但是像你这样的——”

“在美国也许是的。但这里的父母都希望孩子们更独立，我参加的童子军整夜都没有成人参与，只有十六岁的‘领导人’。”马克斯灵光一现，“嘿！我知道了！我们可以穿童子军制服，假装我们去旅行，没人会怀疑的！”

“但是你的家人会担心的，他们会报警。”

马克斯拿出手机，开始打字。过了一会儿，他举起屏幕让艾哈迈德看。“看，坐火车去匈牙利要十四个小时。明天早上，我们能赶上九点二十分去法兰克福的车。这里是首发站。我会假装去上学，等有人想起我的时候，我们已经快到匈牙利了。”

这就是把自己偷偷带进幸福学校的马克斯，疯狂、美好、天真、满怀希望的马克斯。但是，艾哈迈德拒绝了：“不，我不能让你这么做。”

“你还不明白吗？”马克斯好像生气了，“这是我欠你的。”

“欠我？”

“我一直都觉得自己一无是处，干什么都不行，是你让我感觉到自己不是只会搞砸事情。我也能做好很多事情。”马克斯低着头，满脸通红，“你给我创造了机会，让我去证明自己。我开始越来越喜欢自己了。所以，我必须要回报你！”

艾哈迈德笑了笑：“你要当少年英雄！”

“不，”马克斯平静地说，“只是当你的好朋友。”

艾哈迈德看了看远处的雕像，眼里泛起泪花。

“来吧，纳比尔·法瓦兹。”马克斯笑着说，“今晚你可以和我一起睡在我的房间里。地铁还没有运行。我会告诉我妈妈你需要借住一晚。”

“但是方丹警官怎么办呢？”艾哈迈德哽咽道。

“你那天跑得那么快，他估计还没反应过来呢。再说，他还有很多其他的事情要处理。而且，他今天已经来过一次了，我觉得他不会再来的。”

警察的突击

直至深夜，马克斯才瘫倒在充气床垫上。他把床让给艾哈迈德睡了。他说艾哈迈德在冰冷的酒窖里睡了几个月，还睡过操场的滑梯，必须在床上睡个好觉。起初，艾哈迈德拒绝了，但顶不住马克斯的坚持。

尽管他们的借口有些蹩脚，但马克斯的父母还是接纳了艾哈迈德。因为地铁停运，波林夫人也住在这里。妈妈在地下室前头的屋里给她铺了床。幸好艾哈迈德不在酒窖里，不然必定会被她发现的。妈妈在收拾房间时看到了兰花，并把它们整齐地排到厨房的窗台上。

“新买的兰花吗？”马克斯故意做出疑惑的样子问道。

“不是的，还是之前的那些。我把它们忘在地下室了，但它们居然恢复过来了。”

马克斯悄悄看向艾哈迈德，咧嘴一笑。

整个晚上，波林夫人都在抱怨恐怖分子，还时不时瞪着艾哈迈德。这种尴尬的气氛反而令马克斯的父母对艾哈迈德更加友好了，妈妈甚至称赞艾哈迈德对花园的贡献。克莱尔则尽量回避着艾哈迈德。

马克斯闭上眼睛。他也需要休息，但他一直在回顾计划列表——他把自行车锁在学校附近，这样明天一早就可以骑车去火车站了；把童子军制服和能吃几天的三明治和零食塞进书包；除了生日和圣诞收到的零花钱外，他还从家里拿了几张零票。他们得在火车站买火车票，虽然网上购票很方便，没人问问题，但必须使用信用卡，这会留下一个容易追踪的记录。护照和比利时身份证装在包的内兜里。他新建了一个邮箱账户，给那个帮助艾哈迈德爸爸的组织发送了一封电子邮件，告诉他们艾哈迈德的情况。为了以防万一，他还记下了该组织的紧急联系电话。在和艾哈迈德讨论之后，他决定不带手机。风险太大，会被追踪的，而且他也不想处理来自父母的炸弹一样的电话和信息。他可以买部一次性手机，早上出门前再给他们留张便条。

奥斯卡和法拉知道马克斯找到了艾哈迈德，但不知道他们要去找艾哈迈德的爸爸。这是马克斯和艾哈迈德讨论后做出的另一个艰难的决定。这样一来，奥斯卡和法拉就可以置身事外了。

马克斯转过身看着蜷成一团的艾哈迈德。“你会见到你爸爸的，”他低声承诺，“我不会让你失望的。”

一阵响亮的铃声把马克斯从梦中揪了出来。他以为是父母的闹钟，于是继续闭上眼睛，等着他们关掉。他还是很累。但铃声仍在继续。一只手拼命晃动着他的肩膀。他转过身来，喃喃地说：“是闹钟。”

但艾哈迈德更加使劲地摇晃起来，“马克斯，醒醒！是门铃！”

马克斯迅速坐起来，看了看手机，五点五十五分。楼梯上传来爸爸沉重的脚步声。“待在这儿。”马克斯对艾哈迈德说，然后跑下楼梯，经过穿着睡袍的妈妈，赶上已经走到客厅的爸爸——他穿着一件短衫和匆忙套上的裤子。“是谁？”马克斯问道。

爸爸耸耸肩：“我不知道。”

“开门之前看一下！”妈妈在后面提醒道。

马克斯跑向厨房窗边，看到敲门的是方丹警官，他身后还跟着另外两个警察。

“别开门！”马克斯大声喊道。

爸爸冲进厨房，朝窗外望去。“马克斯！你在说什么呢？”爸爸匆匆赶回门口，“是警察。”

马克斯跟在他后面跑。但他没来得及阻止爸爸。门已经打开了。

方丹警官率先闯入客厅：“很抱歉，霍华德先生，我得去看看酒窖，马上！”

马克斯和爸爸紧跟在其他警察后头。

“怎么了？”爸爸问道。

“我们发现了违法者，先生。”

冷静点儿……马克斯告诉自己。但好像没用。他觉得不能呼吸了。方丹警官似乎很肯定谁在酒窖里，就像有人告诉他似的。

妈妈也加入进来：“发生什么事了？”

方丹警官踏进通往地下室的楼梯，另外两个警察紧随其后。马克斯的父母疑惑地望向彼此，匆匆追上他们。马克斯匆忙跑上楼，在拐弯处差点儿撞上了克莱尔。克莱儿向后退了一步，脸涨得通红。

“你让开！”马克斯说。

“我警告过你停手的，是你不听！艾哈迈德看起来像是个好人，但……你并没用真正了解他！”

“你才没有！”他喊道，“我不认识你！”

地下室的门“砰”的一声打开。

“他在楼上！”波林夫人跟在他们后面喊道。

马克斯已经到了三楼。他坚持让艾哈迈德睡在自己的房间还有一个原因——艾伯特·饶纳尔的故事让他明白必须制订后备计划。

“马克斯！马克斯·霍华德！你这个笨蛋……那个男孩很危险！”克莱儿喊道。

马克斯头也不回地冲进房间，“砰”的一声关上门。“艾哈迈德，走！”他抓起书包，跑向窗口。

艾哈迈德一言不发地跟在他身后。

马克斯打开窗户。如果拉尔夫能做到，自己和艾哈迈德也可以。“走！”他低声说。

艾哈迈德从安全门爬上屋顶。马克斯紧跟在他身后，但某种强劲的力量拽住了他。

艾哈迈德正要跳到下一个屋顶时，听到了马克斯的叫喊。一定是被方丹警官抓住了！本能告诉艾哈迈德别回头，还有机会逃跑。房子的顶部都是连着的，只有一些小障碍物，比如低矮的水泥墙、天窗，高度略有不同，需要加紧几步或跳一跳。但他还是转过身来了。原来是马克斯的书包卡在护栏上了。艾哈迈德转身去帮他，就在这时，方丹警官跑进了房间。

“停下！”方丹警官用法语大喊道，“你是那个园丁！”

“他在说什么？”马克斯问艾哈迈德。

“我不知道。”

艾哈迈德拉起马克斯就走。他们一起跳着落在天窗上，踩在玻璃上的黏糊糊的苔藓上。艾哈迈德爬到邻居家的屋顶上，然后蹲下来把马克斯拉上去。屋顶中心有两扇大天窗，他们小心翼翼地避开。

方丹警官被一个很大的砖砌烟囱挡住了，但艾哈迈德仍然可以听到他的呼喊声。“马克斯！根据反恐警察截获的消息，‘园丁艾哈迈德’‘固定花盆’的叙利亚人，我们觉得炸弹就是他造的！”

艾哈迈德这才知道黎明突袭的原因。方丹警官认为他是恐怖分子，是做炸弹的人！这可不是违法那么简单！自己会被监禁、审问，甚至殴打。同时，一个更可怕的念头冒出来——如果马克斯不相信自己怎么办？他望向马克斯：“那个艾哈迈德不是我！”

马克斯直直地盯着他，盯着这个陪伴了自己上百个夜晚的艾哈迈德。“我知道。”他轻声说，声音坚定。

艾哈迈德没有时间回答，也无法说明此刻的心情。他抓住马克斯的手，重重地握了握。

方丹警官出现在马克斯家的屋顶边缘。“马克斯，别傻了！”他大喊。

“跳！”艾哈迈德说。

两人一起跳到下一个较低的屋顶上。但屋顶之间的高度落差超出了他们的预料，导致他们着陆时没能站稳。

“你没事吧？”艾哈迈德一边问一边把马克斯拉回身边。

马克斯点了点头，踉跄了一下：“下去吧。我们从哪儿下去？”

艾哈迈德说：“下一家是隔开的，不是连在一起的。”

方丹警官正在追来。艾哈迈德知道没有时间了。他脸色发白，额头上沁出了汗。马克斯也了然于胸。两人相视一眼，向彼此点了点头。

艾哈迈德紧紧抓住墙的边缘，伸出一条腿，使劲儿往前触。终于，他尽量不去想面前是空荡荡的空气，就当作是面对窗台。运动鞋的前端碰到了对面的窗台，接着一用力，脚后跟向下一放，人已经到了另一头。

“到你了！”艾哈迈德说。

马克斯的手在墙上摸索。

“现在！腿！”

马克斯的腿在空中晃荡。

“马克斯！别傻了！危险！”方丹警官喊道。

“我做不到！”马克斯的腿在发抖。

艾哈迈德伸出手，抓住马克斯的手。“我抓着你，你不会摔下去的。”

马克斯的脚终于触到另一头了。艾哈迈德把他从边缘拉过去。

“马克斯！”方丹警官大喊。

“快！”艾哈迈德说，拉着马克斯穿过屋顶，“我们得下去。”

“去街上！”方丹警官对其他警察大喊道，手攀着墙，棕色皮鞋在四处寻找窗台。

幸好艾哈迈德研究过所有的花园和最容易溜到街上的方法。“走排水管。”说着，他用手和膝盖死死钩住排水管，“踩在我肩上！”

马克斯把脚放在艾哈迈德的肩膀上，手放开屋顶的铝板，抓住排水管。两人一起颤抖着向下滑，到了尽头处，他们跳到了一条鹅卵石车道上。

方丹警官正在屋檐边看着他们。“接近四十四号！”他对着对讲机大声喊道。

艾哈迈德把马克斯拉到隔壁房子的后院里。他们顾不上狂叫不止的狗，冲向一个蹦床。“他们正走向五十号！”方丹对着对讲机大喊。

“艾伯特·饶纳尔！”马克斯气喘吁吁地说。

艾哈迈德以为那是方丹警官的上司，但眼下他顾不上确认，一心想着赶去鲁·韦尔戈特大道，马克斯的自行车在那里。他们拐进五十号公寓旁的树丛和灌木丛，穿行至一堵墙面前。在艾哈迈德的托举下，马克斯爬过了墙。接着，艾哈迈德把背包扔过去，自己也翻过了墙。

方丹警官还在冲着对讲机喊：“找个人去韦尔戈特大道！鲁·韦尔戈特！白痴！”

艾哈迈德穿过院子，沿着房子的一侧走到街上。马克斯跑到自行车旁，拿出钥匙，摸索了半天却没有打开锁。就在这时，一个警察绕过了拐角。马克斯转动着钥匙。

“快！”艾哈迈德催促道。

“啪”的一声，锁终于打开了。警察喊叫着跑向他们。

艾哈迈德坐在后座上。上次的经验让他知道如何保持身体平衡。他回头看了看，警察就在不远处。“走，马克斯！快！”

马克斯竭尽全力踩着踏板。自行车不停地加速，艾哈迈德紧紧地抓住马克斯的肩膀，以免向后倒去。在他们的身后，传来警察因失败而发牢骚的声音。

赶火车的童子军

为了甩掉警察，马克斯把自行车锁在了地铁站附近的拥挤的公共行李架上。已经过了七点，自行车和汽车挤满了街道。距离袭击已经过去两天了，人们回到了工作岗位和学校，但部分地铁线路仍然停运。许多人仍然不敢乘坐公共交通工具。

在咖啡店的卫生间里，两人穿上了童子军制服，然后步行去火车站。这是一场漫长的旅行，他们不得不一直改变路线，避免遇到在地铁出入口、购物中心和政府大楼周边巡视的士兵和警察。

但是，到了车站就没办法躲避了。军用卡车包围了火车站，门口站着手持突击步枪的士兵，乘客们排着长长的队伍等候着。

“发生什么事了？”马克斯问一个穿西装的男人。

那人正埋头看手机，听到询问，勉强抬起头来。“安检，延误。真是噩梦！”那人的电话响了。“我想租辆车去巴黎！”他大声说道。

马克斯惴惴不安。如果他们不能离开布鲁塞尔怎么办？火车站几乎要封锁了。马克斯看了看艾哈迈德的手表：“我们那趟火车三十分钟后就要开了，我们可能没有时间买票，而且如果他们检查身份证……”

方丹警官有可能会惊动整个安全部队去搜捕游荡的恐怖分子——叙利亚男孩和帮凶美国男孩。希望他们没有找侦察兵，车站的保安部队也没有接到警报。马克斯记得波林夫人说过的话——十九支不同的警察部队，他们在共享信息方面效率极低。

艾哈迈德抓住马克斯的袖子，指着一小群挥舞着火车票的人：“看！那里有人在卖票。从他们那里买就不需要身份证了。”

“好主意！你在这儿排队，我去看看。”马克斯跑过去，听兜售车票的人们在说：

“一张去巴黎的高速列车票！”

“三张去亚琛的。”

“两张去科隆的。”

在科隆可以转乘开往法兰克福的高速列车。马克斯望向那个卖家。是一个老头儿，身旁是一位灰白头发的女士。两人是夫妻。

“我要了！”

老人看了马克斯一眼。马克斯有些局促不安，生怕老头儿问东问西。

但那位老先生只是把票递给他。“给童子军和他的妈妈免费！”他用法语说，“或者是爸爸？”

“爸爸，”马克斯低声道，“谢谢。”

“不客气。祝你旅途愉快。”

老人和他的妻子一离开，马克斯就去找艾哈迈德，给他看了票。“我们可以走了。”

艾哈迈德露出紧张的笑容：“只要能躲过士兵就行。”

两人拖着脚步靠近入口。士兵们把乘客从队伍中拖出来，要求查看他们的车票或身份证。马克斯弯腰笑了笑，尽量做出天真无邪的样子来。突然，一只手抓住了他的肩膀，把他拉到一边。他站在一个穿着防弹背心的高大士兵面前。同样，这个士兵也把艾哈迈德揪了出来。

“你们去哪儿？”他用法语问道。

“童子军旅行，”马克斯说，“我们小组已经在里面了。我们迟到了。”

士兵脸上露出了笑容。看来他相信了——两个男孩独自旅行。马克斯觉得，在士兵要求核查身份证之前，必须做点儿什么来分散其注意力。他开始唱起歌来：

童子军来自四海八方，

你是我的兄弟，我的朋友。
为了今天，为了明天——

艾哈迈德假装知道这首歌，自觉地跟着胡乱哼起来。

在一个共同的项目中团结起来，
正义、尊重，
家庭和兄弟会。

士兵朝他们做了童子军的三指军礼：“快点儿吧，孩子们。迟到不好，尤其是今天。”

马克斯强迫自己回了礼，然后微笑着匆匆走开，双腿却已经发软了。

“果然是个好主意。”艾哈迈德喃喃地说。

他们拿着票。离发车还有十分钟！但在火车驶出比利时之前，都不能放松。马克斯在大电子显示屏前停下。“看来我们要在 21 号站台上车了。”他说。这意味着他们需要走到车站的另一端，经过更多的士兵、警官和玛伦牧羊犬。警犬大张着嘴，露出锋利的牙齿。马克斯感觉到军官们的目光掠过自己和艾哈迈德。他明白，一定要以友好的、活泼的方式和艾哈迈德说话，连动作都要表明自己是无辜的。

艾哈迈德也明白了，他对马克斯咧嘴一笑，假装没注意到枪和狗。但他紧张得要命，正紧紧地抓着马克斯的胳膊。

终于到达了 21 号站台口。制服下的身体已经大汗淋漓。

现在可以上车了。整洁的高速列车已经坐满了人，大多是去科隆的商务旅客。人们用法语和德语打电话的声音充斥着车厢。有人谈到了袭击事件，有人在谈论拥挤和安全问题。

马克斯如释重负，似乎没有人注意到这两个男孩。他们瘫坐下来，拿出书。马克斯假装在读《英雄少年》，但他如坐针毡，等待火车开动。艾哈迈德则不停地向窗外张望着，生怕警察或士兵突然从站台上跑来，把他们从火车上拖下去。

一声汽笛响了，火车驶出了车站。马克斯把头靠在窗户上。火车来回摇晃，车速逐渐加快，掠过布鲁塞尔市中心的五彩斑斓的房子。远处地平线上的房子风格混杂、排列不均，就像马格利特某张疯狂的画。逃离布鲁塞尔的刺激感消退了。

马克斯发现自己对这座城市充满了眷恋，似乎这里已经成为他的家了。他想告诉父母，他们把他带来这里的决定是正确的，他会变得更好。想到自己连张便条都没有留下，他有些内疚。他本能地伸手去拿手机，接着想起没带。这样也好，父母肯定不会相信方丹警官声称艾哈迈德是恐怖分子的可笑言论，但肯定会对马克斯的谎言和逃跑大发雷霆。至于克莱尔，他绝对不会让她好过的，他要把上回她偷跑出去的事说出来，让她也难受一阵子。此时此刻，她可能正在忙着辩解自己不知道艾哈迈德的事，以及指责马克斯总是带来麻烦。

“马克斯。”艾哈迈德低声喊道。

马克斯顺着艾哈迈德的目光看过去，一个身材魁梧的警察正在检查证件。两人无助地看着彼此。

遇到大麻烦了。

跨越边境

火车上只有一个地方可以藏身。

艾哈迈德站起来，拎着背包，向马克斯挥手示意。然后，他尽可能不回头看，平复了一下心情，沿着过道走去。但愿那个警察没有注意到他们，就算看到了，也只以为是两个去咖啡厅的童子军。

艾哈迈德打开车厢门，进入下一节车厢，车厢末端有卫生间。有一个空着。艾哈迈德松了口气，推开门，身后的马克斯也跟着进来了。他们挤在一起锁上门。灯光自动打开了，绿色的光投在他们脸上，空气中是消毒肥皂和尿液的味道。唯一可藏身的地方是卫生间，他们只能站在这里。

“如果有人敲门，就你来回答。”他低声对马克斯说。

马克斯点了点头。如果警察敲门，他会假装自己是里面唯一的人。除了等待，没有别的办法。他们不知道要多久，警察才会进入下一节车厢。马克斯靠在墙上，闭上眼睛默默祈祷。

有人敲门。艾哈迈德尽可能地向后挤。

“有人！”马克斯用法语喊道。

“抱歉。”一个女人的声音回答道。

艾哈迈德松了口气。时间一分一秒地过去，脚步声来来去去。他竖起耳朵听着，想辨认出警察的脚步声。如果那个女人告诉列车员有人在卫生间里待了很长时间怎么办？生存不都是因为勇敢或智慧，有时还要看运气。“开门出去。如果看到警察，你就回来，假装肚子不舒服。”他对马克斯说。

马克斯把门推开，但他走不出去。艾哈迈德以为外面的是警察，其实是一个年纪较大的男人。他挤进卫生间，生气地瞪着艾哈迈德，一脸的不耐烦。那个警察已经不知道哪儿去了。

两人回到座位上，打开书本，尽量不引起别人的注意。希望警察不会回来。检一次票应该就可以了，毕竟发生了恐怖袭击，艾哈迈德无法确定警察会不会再次检票。他想到了爸爸，他想象着自己跑进爸爸怀里，告诉爸爸过去九个月发生的一切。他一刻也等不了了。

火车缓慢行进，终于，半小时后驶进了车站。

“看！”马克斯低声说。

艾哈迈德望向窗外，看到一个比利时警察小跑着进入站台。

“他要去哪儿？”马克斯问道。

艾哈迈德发现了在车站上空飘扬的黑、红、金三色条纹的旗帜，突然露出了笑容：“应该是回比利时。”

已经穿过德国边境了。他们在科隆换乘火车，一个多小时后，到达了法兰克福中央火车站。

“你来过法兰克福吗？”艾哈迈德看向马克斯。

马克斯摇摇头：“没有。你呢？”

“来过，就在 8 月，坐难民专列来的。”艾哈迈德说，“这里的人很友善，拿着气球欢迎我们，还给了我们许多食物。”

马克斯说：“多奇怪啊，听说以前德国人很坏，但是现在，他们都很友好。”

艾哈迈德说：“也许他们学习了如何成为好人。”

这次没有当地人的热情接待，也没有气球和食物，但马克斯觉得法兰克福中央火车站提供了更好的东西——车站很大，有一百多条路线和五个出口。现在是正午，人潮涌动，他们很容易隐藏在移动的旅客、乞丐和铁路工作人员当中。尽管有几个警察在巡逻，但似乎都不如在布鲁塞尔时严肃。没有人随机核查身份证，也没有警犬！

但是他们还得买去维也纳的票。售票员是个蓄着时髦胡须的年轻人，他用怪异的神情瞥了他们一眼。“美国人？”他用英语问。

“是的。”马克斯说。

售票员笑了笑，似乎因为自己的猜测被证实了而放心。

马克斯的脑海里出现一个场景：他面前贴着通缉海报，写着“通缉：一美国男孩与叙利亚嫌疑犯一同逃亡”。他吸了一口气，正在犹豫要不要抓住艾哈迈德的手逃跑，售票员把两张票从柜台上递了出来。

“去年我去过纽约。”

“那儿很棒！”马克斯紧紧握住车票。

“祝你旅途愉快。”

“你也是。”马克斯说。

艾哈迈德笑着走到一边：“他肯定没去过那儿。”

“我知道，这样说感觉更亲切！”

两人嬉闹了一会儿，去麦当劳买了薯条和可乐，在这样挤满孩子的地方，他们丝毫不会引起怀疑。两点一刻，他们登上了去维也纳的火车。马克斯读了一会儿书就睡着了。随着油腻薯条带来的反胃感和一个模糊的噩梦，他醒了过来。外面已是暮色沉沉，田野和房屋变得朦胧。他望向头顶的灯，不知道自己在哪里。接着他记起了那个梦境，转身去看艾哈迈德。他坐在旁边，膝上放着摊开的《卡尔库鲁斯案件》，关心地看着马克斯。

“你还好吗？”

“我梦见他们把你带走了。”

马克斯没有说“他们”是谁，艾哈迈德也没有问。

“我还在。”他说。

马克斯深吸一口气，站了起来：“我们在哪儿？”

“奥地利。很快就到维也纳了。”

马克斯揉了揉眼睛：“我睡了很长时间。你在做什么呢？”

“读书，胡思乱想。”

“想你爸爸？”

艾哈迈德点了点头。

“你很快就会见到他的。”

艾哈迈德的黑色眼睛闪烁着。他看上去比早上马克斯带他去上学还要开心。

“对了，方丹警官来的时候，你怎么知道从屋顶跑的？这是你计划好的吗？”

马克斯笑了笑：“不，不是我的主意。”

艾哈迈德皱着眉头：“那是谁的？”

“艾伯特·饶纳尔先生。”

“饶纳尔，我们的街道？”

马克斯想起来了，他没有告诉艾哈迈德有关艾伯特·饶纳尔的故事，因为一开始，他以为拉尔夫被抓了，觉得这是个悲伤的故事。现在，他知道拉尔夫得救了，他要让艾哈迈德也知道历史是如何拯救好人的。“那是一条英雄街，那条街是以他命名的。1942 年……”他开始讲故事。

在这个令人沉醉的夜晚，周围的一切似乎都消失了。他们仿佛被带回了那个时代，那条街上。

惊险大逃亡

运气不错，他们在最后几分钟赶上了从维也纳到布达佩斯的最后一班火车，还在第二节车厢上找到了座位。两个半小时后，他们将抵达匈牙利首都。艾哈迈德觉得自己能坐在马克斯旁边，全靠艾伯特·饶纳尔的运气和善良。他想，那个失去双亲的男孩拉尔夫一定也曾活在内疚和绝望之中，但战争结束后，他重新开始了生活。艾哈迈德也希望自己能幸福。

明亮的车厢外，世界一片黑暗，看不见边界。艾哈迈德心中涌起无数种情感——希望、渴望、爱……他想起了妈妈，想起了贾斯敏和诺里。

火车放慢了速度，打乱了艾哈迈德的思绪。

马克斯也停下阅读，抬起了头：“过边境了吗？”

艾哈迈德看了看手表。火车驶出维也纳车站已经四十五分钟了。他记得匈牙利边境并不很远。“我想是的。”他说。

火车停在了一个陈旧而空荡荡的站台前。

“我们在等什么？”马克斯低声问。

“我也不知道。”

艾哈迈德从座位上起身，他的手冰凉冰凉的。去年 8 月，他抱着班纳，坐着一列满载世界各地难民的列车，到了匈牙利的一个火车站。警察将那些带着孩子的家庭扣押了几个小时，连水都不给，还把袋装的食物直接扔到他们脸上，意思很明显——难民是害虫，是动物，不是人。接着，艾哈迈德想起了爸爸跳进海里的情景。他的心情低落到了极点，他不知道接下来会发生什么，对明天充满了无力感。然后他想到了这几个月的非凡经历，想到马克斯还在自己身边，心中又重新燃起了希望。

马克斯看了看艾哈迈德的手表，说道：“不知道火车运行到多晚。我们可能得在这个火车站过夜，然后明天一早搭首班火车去找你爸爸。那个拘留中心离火车站不到三公里，我们可以步行过去。”

艾哈迈德的思绪飘到了过去。上次到达这里时，火车上无法容纳所有的难民，几百人一起露宿在站台上。妈妈们在卫生间里给孩子们洗澡；蛇头提供黑车，以此来压榨人们不多的存

款；绝望的人们——甚至老人和孕妇——都想拼命挤上火车。

火车猛地启动。

不管怎样，现在，艾哈迈德和他的爸爸待在同一个国家了。“去年夏天，我在这个火车站待了两天。我知道哪里可以藏身。”他说。

马克斯笑了笑：“我可不担心这个。如果说谁最会藏身，那肯定是你！”

艾哈迈德笑起来，紧张的心情得到了一丝缓解：“这是我的天赋。”

“不要低估你自己，”马克斯继续调侃，“你还擅长逃跑。”

“哈哈！”艾哈迈德笑着认同。在他想出更巧妙的反驳之前，车厢门开了。

一个穿着蓝色制服、戴着蓝色帽子、肩上挎着黑色钱包的售票员大步走进来查票。

“他们已经查过了呀！”马克斯低声说。

“那是在奥地利，”艾哈迈德低声说，“他们必须在匈牙利再查一次。”

当列车员走近他们时，艾哈迈德蜷缩在座位上，假装看着窗外。马克斯把两人的票递过去，连头都没抬头。他祈祷着售票员只是看一眼票，不会问自己什么。但这个售票员还是和马克斯聊了起来。

“你从哪里来？”售票员说。

“维也纳。”

“一个人？没有父母陪同？”

艾哈迈德不喜欢这个问题，但现在是晚上，独自旅行似乎更可疑。

“我们要去参加童子军交换活动。”马克斯回答。

“你和谁？”

“我的朋友。”

艾哈迈德转过身来，尽可能挤出一个微笑。

售票员看着他：“你有身份证吗？”

艾哈迈德一言不发地把他的比利时身份证交给了售票员。

“护照？”

“他不需要护照，”马克斯说，“我们是在欧盟国家旅行。”

“你为什么一直帮他说话？”售票员厉声说。

“我没有，我只是……”

“我有护照。”艾哈迈德说着，拿出伪造的护照。

售票员看了一眼护照，挥了挥手。

“有人在布达佩斯接你们吗？”

“有的，”马克斯说，“我们的队长。”

售票员点了点头，把票递了回去，沿着过道继续往前走。

“他不喜欢我们！”艾哈迈德小声说道。

“但他也没有阻止我们，”马克斯说，“他只是想为难我们一下。”

“但愿如此吧。”

火车慢了下来，最后停在一个车站前。门开了，艾哈迈德看着车门，突然很想抓住马克斯跑出去。但他不知道外面是哪儿。

门关上了，火车继续行驶，时间仿佛静止了。不一会儿，车上灯光闪烁，铃声划破了寂静，吓了艾哈迈德一跳。通知声响彻车厢，一些乘客开始收拾自己的电脑，从头顶的行李架上取走衣物和行李。下一站快要到了。火车慢下来，人们走到过道里，等待停车。艾哈迈德看着他们打开门，走了出去。

突然，队伍停了下来，人们纷纷后退。列车员从门前挤过去，指着马克斯和艾哈迈德的方向。他身后出现了一个匈牙利警察的红色贝雷帽。

艾哈迈德跳起来，把马克斯推到过道里。“你快回去，回去！”

马克斯匆匆瞥了他一眼，转身跑起来。艾哈迈德抓起他们的包，跟在他后面。

“站着别动！”有个声音喊道。

艾哈迈德没有停下。他在列车尽头赶上马克斯，用手抵住正要关上的自动感应车门，两人爬进一个拥挤的车厢。马克斯小小的身躯带着艾哈迈德挤进人群的空隙当中。他们跟着堵住通道的乘客进入了下一节车厢。艾哈迈德回头张望，警察和售票员身材高大，不那么容易进来。

“我们怎么下车?”当他们挤到下一个车厢前时，马克斯问道。

“很快就到车站了，继续前进！”

火车持续减速。如果在火车到达车站之前就无路可逃了怎么办?

艾哈迈德瞥了一眼窗外。在黄色灯光的映照下，一个长方形的建筑映入眼帘。他猜那就是车站。然而，一个肥胖的男人完全堵住了下一节车厢的通道。

“座位上！”艾哈迈德急中生智。

他们从空座位跳过去，继续奔跑。警察在他们身后叫喊。火车更慢了，马上就要停了，门很快就会打开。外面足够黑，他们可以找个地方躲起来。突然，马克斯停住了脚步，艾哈迈德差点儿撞上他。前方的门上有一个红色的大圆圈，中间画着白线。这个国际标志，艾哈迈德再熟悉不过：禁止入内。

马克斯愣住了。他们已经走投无路。就在千钧一发之际，他意识到火车也停下了。他转过身，把艾哈迈德推回车厢门的位置。一阵冷风吹进来。他看到了希望。艾哈迈德抓住马克斯的手，向一扇开着的车门冲去。

与此同时，警察从另一节车厢过来，正对拥挤着等候下车的乘客们大喊大叫。人们吓坏了，混乱地移动着，有的向后跑，有的冲向门。马克斯和艾哈迈德从人群中挤出来，跳出车门，来到了站台上。

离开火车了！马克斯感觉脚都麻了，但没时间停留。他们跑下楼梯，穿过地下通道，进入车站。艾哈迈德跑得太快了，马克斯担心自己的胳膊会被扯断，或是被绊倒，甚至腿会飞出去。但身后警察的喊声让他决心跟上。两人顾不上观察车站，也顾不上周围盯着他们的陌生面孔。

车站不大。一分钟后，艾哈迈德猛地跑出一扇门，来到了外面。他停了一下，好让马克斯缓冲缓冲。接着，他拉着马克斯穿过街道，奔向一个四周是山形石头建筑的昏暗广场。

他们踩着树影奔跑着，以躲过跟着他们的手电筒光束的照射。马克斯很想休息一会儿，但艾哈迈德马不停蹄地跑着，甚至不敢停下来看看警察是否追来。他拖着马克斯，从两座建筑物之间的某个缺口跑出广场，到了邻近街区的人行道上，之后又经过一个有着尖塔和钟塔的巨大发光建筑——也许是市政厅或法院——但无处藏身。

“公园！”艾哈迈德气喘吁吁地说。

马克斯抬头一看，终于搞明白艾哈迈德的目的地了——一片覆盖了好几个街区的昏暗树影。他用尽最后的力气朝公园奔去。几秒钟后，他们融入了树影中。地面不平整，马克斯绊倒在了湿漉漉的草上。

艾哈迈德站在他身边，并没有催促马克斯起来。他的胸部剧烈地起伏着，看样子，他也跑不动了。他蹲下来，指着一丛灌木丛，“后面。”然后，他拉着马克斯站起来，两人踉跄着爬到灌木丛中，匍匐下来。

现在唯一的声音来自他们自己的呼吸，非常大声。马克斯觉得任何路过灌木丛的人都能听到他们的呼吸声。他感觉身上的每一块肌肉都在痛。湿漉漉的草浸湿了他的衬衫，他这才意识到外套忘在火车上了。艾哈迈德也发现了，他脱下自己的外套，盖在两人身上。

漫长的几分钟过去了。他们听到灌木丛的另一侧传来了脚步声。香烟的气味使马克斯的喉咙发痒。他尝试着吞吞口水，以减轻想咳嗽的感觉。渐渐地，公园变得安静了，只有钟塔的钟声。

“现在怎么办？”马克斯低声说，“我们在这里等到早上，然后再上火车？”

艾哈迈德闭着眼睛，好像不看别人，别人就看不见自己似的。突然，他睁开眼睛，满脸的失落。马克斯被他的表情吓了一跳。

“不能坐火车了。”

“你确定他们会找我们？”

艾哈迈德点了点头。

“也许可以坐公共汽车？”

艾哈迈德皱了皱眉头：“公共汽车、火车、出租车……警察会到处找我们的！”

“那我们要怎么办呢？”

“步行回奥地利边境。只能步行了。”

“你爸爸呢？”

“马克斯，警察现在在找我们。”

马克斯抱住胳膊：“一定有办法去那里，能开车送我们的人……”

“不能找蛇头！”

马克斯知道艾哈迈德说得对。他安静下来，思考着。已经走这么远了，绝对不能放弃。他想起了艾伯特·饶纳尔和拉尔夫。他们会怎么做？虽然他们没有去过匈牙利，但他们所在的那个国家的政府充满了敌意，而拉尔夫还是活下来了。即使在最黑暗的时代和地方，也总有善良的人愿意帮助弱者。

马克斯抓住艾哈迈德的胳膊：“我知道该怎么办了！但我们需要上网。”

热心的雷卡

他们在广场上意外发现了一艘木质海盗船，就像一个完美的瞭望台，躲在船上，能看到外面街道上的动静。

海马表的时针指向一点钟的时候，停在公园旁的一辆汽车闪了三次前灯。

“就是他。”马克斯说。

两人从船上下来。马克斯打开侧门，先上了车。艾哈迈德如履薄冰，跟着马克斯爬进那扇小小的白色车门。他忍不住想起了埃米尔。他告诉自己，这个司机不一样。果然，当他看到司机时愣住了——居然是个穿着红色外套的漂亮姑娘，而不是他想象中的男人。司机那齐肩的黑发和金色的条纹头饰交织在一起。

“快进来，”她用英语说，“艾哈迈德坐后面。”

马克斯把空座位叠起来，推到一边。艾哈迈德爬进后座。车内很暖和，他旁边的座位上叠放着一条羊毛毯子。

“你可以坐在前面，”司机对马克斯说，“你没那么可疑。”

马克斯爬到前头，关上门。艾哈迈德用毯子裹住自己。他想是否应该躺下，这样外面的人就只能看到马克斯和司机两个人。

姑娘转过身："我是雷卡。丹尼尔说你要去基什孔豪洛什，对吗？"

"是的，"艾哈迈德说，"去找我爸爸。"

多亏了马克斯的主意，联系到了那个难民权益组织。他们经过短暂的寻找，在靠近商业中心的公园附近找到了一家旅馆。艾哈迈德在外面等着，顺便留意警察。马克斯则扮成美国游客，用英语和夜班员工打招呼，说借用一下电脑。他给难民权益组织紧急热线发了消息，找到了协调员丹尼尔。在布鲁塞尔的时候，马克斯也给丹尼尔发过信息。所以，收到男孩们的求助，丹尼尔一点儿也不意外，并且爽快地答应了。

雷卡把车开到街上："到基什孔豪洛什大约需要两个半小时的车程。我们到了以后，你们可以待在一个朋友的公寓里。"

"谢谢你！"艾哈迈德说。

雷卡耸了耸肩，仿佛在匈牙利的深夜，带着两名未成年"逃犯"驾车算不得什么大事。"这么晚了，没人会打扰我们。你可以休息、睡觉。你脚边的包里有三明治和可乐。"

盘旋在艾哈迈德脑海中的关于埃米尔的记忆逐渐褪去。他从包里取出奶酪三明治和可乐，然后递给马克斯。现在安全了，他才发现肚子已经饿了许久，他想马克斯肯定也饿极了。雷卡打开车载音响。当他们吃饱喝足后，她突然关了音乐。

"如果你们不介意，我想问问你们的计划是什么。"

艾哈迈德张皇失措，尽管他知道他不应该表现得如此不安。

马克斯说："我们打算一早去中心问问，看艾哈迈德是否可以去看望他爸爸。"

雷卡笑起来，就像大人觉得小孩子什么都不懂的那种笑。但她不知道的是，马克斯的许多疯狂计划实际上已经实现了。

“你知道吗？去年秋天，匈牙利就停止接纳难民了，还逮捕了所有非法进入这里的人。如果他们拘留艾哈迈德怎么办？”

“我有比利时身份证。”艾哈迈德说。他没有说那是假的。

“这倒有些用处，”雷卡承认，“你们多大了？”在他们的沉默中，雷卡再次发笑了。“好吧，不必告诉我。你们太小了，不容易走进基什孔豪洛什拘留中心，你们需要一个成年人陪同，至少能让他们认可艾哈迈德的证件。”

艾哈迈德知道她是对的。“你能帮助我们吗？”他问道。

“我很乐意。明天早上，我们一起去。警卫们认识我。我能保证他们不会把你关起来的。”

艾哈迈德激动地笑了，好运一直和他们同行，“太好了！”

“谢谢你！”马克斯补充道。

“但你们得答应我一件事。”

“什么？”艾哈迈德问道。

“马克斯必须打电话给他的父母，让他们知道他在哪里。今晚。”

“他们知道我在哪里。”马克斯撒谎道。

从后视镜里，艾哈迈德看到雷卡挑了挑眉，露出了难以置信的神情。“他们让你一个人来这里？”

“艾哈迈德见到爸爸后，我会给他们打电话。他们现在肯定已经睡着了。” 马克斯说话的时候，声音平静而坚定。

雷卡想了一会儿：“好吧，但你要向我保证！”

汽车里静悄悄的。艾哈迈德蜷缩在座位上，把毯子盖到身上。再过几个小时，他就能再见到爸爸了。他迫不及待地想摸摸他，碰碰他的胡须。伴随着汽车的隆隆声，他渐生困意，闭上了眼睛。在梦里，他看见爸爸睡在一张宿舍床上，他对他轻声说：“我快到了，爸爸，我离你很近。”很快，他被雷卡的声音吵醒了。

雷卡和马克斯在前排交谈。汽车还在行驶，车灯成了黑暗的路上唯一的光源。艾哈迈德再次闭上眼睛，默默听着。

“这里有很多人不同意政府的做法，”雷卡说，“他们对难民十分内疚，他们想帮助难民……”

艾哈迈德露出了淡淡的笑容。马克斯是对的，不要放弃。总有人是善良的。

艰难的告别

九点刚过，马克斯在基什孔豪洛什拘留中心停车场下车。他环顾四周，十分庆幸有雷卡的陪伴。这里有五米高的金属栅栏，牢牢地护着窗户；还有带刺的铁丝网，一直延伸到中心四周，把停车场和一栋长方形的灰色建筑物隔离开来。

“你确定这里是难民住的吗？”马克斯说，“看起来像座监狱。”

“是的！”雷卡说，“这是一个无罪之人的监狱。”

马克斯瞥了艾哈迈德一眼。但艾哈迈德的注意力不在他们的谈话上，他盯着那栋大楼，泪光闪烁，仿佛看到的不是大楼，而是里面的爸爸。或许爱是一种超能力，能让他看到墙里的样子。他们离开停车场，走到路边的入口处，那里装着安全摄像头。

雷卡按下电铃，几秒钟后，门打开了。马克斯和艾哈迈德跟着她来到人少得可怜的等候区。这是一个医生办公室，墙上挂着日历，茶几上堆着一摞体育杂志。一个身穿蓝色制服、头戴蓝色帽子的瘦削女人坐在桌子后面。她对雷卡说着什么。雷卡礼貌而镇静地回应着她。女人走进等候区后面的一扇门。马克斯再次庆幸雷卡与他们同行。

“你们先坐吧，”雷卡说，“可能需要等一会儿。”

马克斯坐到一把硬塑料椅上，双腿不停地抖动着，每个人都能感觉到他的紧张。艾哈迈德坐在他旁边。

“昨晚丹尼尔把你爸爸的案子的文件发给我了，”雷卡说，“几个星期前，因为一个蛇头把他引入了歧途，他从匈牙利一侧跨越了塞尔维亚边境，被边防警察逮捕了。”

“他会怎么样？”艾哈迈德心急如焚。

“希望能让他加入比利时国籍。你在那儿登记了是件好事。”

马克斯和艾哈迈德紧张地对视了一下。他们总有一天会说出真相的，但在艾哈迈德见到爸爸之前，一定要守口如瓶。

后面的门开了，艾哈迈德从椅子上跳起来。马克斯也站起来。但来的是两个警卫，他们举起枪对着艾哈迈德。雷卡抓住艾哈迈德的胳膊，把他拉到身后。

马克斯激动地转向雷卡：“发生什么事了？”

雷卡没有回答，她用匈牙利语对两个警卫说着什么。其中一个警卫做了简短的回答，另一个警卫则飞快地抓住艾哈迈德的胳膊。雷卡开始大喊。看来一定不是什么好事。马克斯抓住警卫的手臂试图解救艾哈迈德。这时，门又开了，有人走进房间。马克斯没有转身，生怕抓不住警卫的手。艾哈迈德停止了挣扎，难以置信地瞪着眼睛。有那么一瞬间，马克斯以为进来的是艾哈迈德的爸爸，接着，他听到一个熟悉的声音说着英语。

“马克斯，停下！艾哈迈德必须走！”

马克斯转过身来。方丹警官站在门口，如同一个噩梦。马克斯一言不发地盯着他。

只有雷卡似乎不为所动。“抱歉，”她用英语说，“我不知道你是谁，我只是向他们解释，他们不能拘留艾哈迈德，他有比利时居住证。”

方丹警官对她笑了笑，“那是伪造的。相信我，我是布鲁塞尔的警察。”

雷卡难以置信地看向艾哈迈德：“你去布鲁塞尔的时候登记过的，对吗？”

艾哈迈德绝望地瞥了马克斯一眼，倒在了地上。

雷卡的声音充满了绝望：“你登记了吗？”

“没有，”方丹警官回答她，“他是用伪造的证件留在比利时的。”

“他不是恐怖分子！”马克斯抢过话茬道，“不管你怎么想，你都错了！他不会伤害任何人！”

“我知道！”方丹警官吼道。

马克斯惊讶地盯着他。

“我犯了个错误，”方丹警官僵硬地说道，“也许……如果艾哈迈德没有逃跑的话，我早就知道了。”

“所以他可以和他爸爸一起回比利时了？”马克斯满怀希望地问道。

“绝对不行！他的爸爸必须留在匈牙利，这是他登记的地方。”

“这不公平！”马克斯大声喊道。

“什么不公平？马克斯，你知道你让你的家人多么担心吗？我得带你回布鲁塞尔了。”方丹警官把手放在马克斯的肩膀上。

马克斯毫不理会，他跑到艾哈迈德身边，说道：“我不会离开你的！”他双臂环抱着艾哈迈德。

艾哈迈德无法回以拥抱，他的胳膊被警卫们抓住了。“马克斯，”他轻声说，“那本士兵的书里怎么说？他们人太多了。”

“人太多了。”马克斯快窒息了。他知道接下来会发生什么，号啕大哭起来。他甚至不在乎自己已经十三岁了，并且大家都在看自己呢。

“求求你，”艾哈迈德眨眨眼睛，“别哭了。”

但马克斯哭得更厉害了。

雷卡颤抖的声音响起，她对警卫说了些什么。不一会儿，他们不好意思地松开了艾哈迈德的手臂，艾哈迈德和马克斯紧紧紧地拥抱在一起。

“马克斯，没关系，”艾哈迈德低声说，“我会在这里好好的。”

“我辜负你了！”马克斯垂头丧气地说。

“不，你把我带到这儿来了。”

“这是带你进监狱！”

“不，是见我爸爸。”

艾哈迈德开始往后退：“我不能……”他大口大口地喘着粗气。

但马克斯不愿意放手。

艾哈迈德直直地盯着马克斯：“只是一段时间而已。你记得照顾兰花，好吗？”

马克斯终于松开了手，被方丹警官拉着往外走去。

“行了，马克斯。我们要去布达佩斯赶飞机。我们得走了。”

马克斯没有反抗，他知道毫无意义。他不能把艾哈迈德带回布鲁塞尔，不能带他回幸福学校。他什么都做不了。

穿透黑夜的曙光

艾哈玛德：父子团聚

门关上了。世界仿佛一下子暗了。艾哈迈德来不及回想刚刚发生的一切，就被警卫抓住胳膊，拖拽着进了拘留中心内部。他强忍着眼泪。他知道，哪怕是为了马克斯，自己也必须坚强。

雷卡大喊道："艾哈迈德，我不能和你一起去，但我们会尽力帮忙的！"

然后，艾哈迈德踏进了一个房间，身后的门"砰"地关上了，雷卡的声音也变得小了。警卫把他丢在椅子上。

"我爸爸在这里吗？"艾哈迈德问道，"我能看看他吗？"

"我们不会说英语。"一个警卫用蹩脚的英语回答。

"法语呢？"

警卫摇摇头。他们卸下艾哈迈德的背包，翻来覆去地检查，把所有东西都倒在地上。衣服、《卡尔库鲁斯案件》，甚至还有半个奶酪三明治。他们举着枪，让艾哈迈德趴下，摘下他的海马表。其中一个警卫拍了些照片，上传到了电脑上。另一个警卫让他按了指纹。最后，一个头发灰白、身材瘦削的男人进来了。他坐在桌子后面，用英语问艾哈迈德问题。

"全名？"

"艾哈迈德·阿卜杜拉·纳赛尔。我可以见见我爸爸吗？"

“我们必须先做好你的登记工作。”

“他就在这里啊！”

“年龄？”

“十四。”

男人扬起眉毛：“牙医会检查你的牙齿！”

他们不信任他，怀疑他的牙齿里藏东西。同样地，艾哈迈德也不信任他们。

“国籍？”

“叙利亚。”

“你的护照是假的。”

“我是叙利亚人。”

提问持续了很长时间。家乡是哪儿？家在哪条街道上？和爸爸是怎么分开的？为什么去了比利时？在那里做了什么？

艾哈迈德平静地、如实地回答了他们。渐渐地，他感到头疼欲裂，嗓子干哑。他连口水都没得喝，但仍然强撑着问道：“我什么时候可以见我爸爸？”

“警卫会带你回去。”询问的人一边说，一边示意他站起来。

艾哈迈德的呼吸变得急促起来。他在警卫的带领下不自觉地走着，直到凉凉的空气打到身上，他才意识到自己已经到外面了。他们又把他带到另一幢大楼里，沿着长长的走廊走到一扇开着的门前，示意他走进去。

屋子空空的，只有两张双层床，没有其他家具。墙上什么也没有，窗户窄小，被栅栏封住了。在昏暗的灯光下，艾哈迈德看到一个驼背的人躺在下铺看书。

“爸爸？”

那人手里的书掉了下来，他爬起来。艾哈迈德望着他。他瘦了，脸色苍白，好像也变矮了。但一个人怎么会变矮呢？艾哈迈德意识到，是自己长高了！爸爸脖子上新添了一块伤疤，但他的眼睛、宽阔的胸膛和微笑都没有变。这不是梦，也不是无意义的幻想。他的爸爸就在这里，就在此时此地。

“艾哈迈德！”爸爸强壮的臂膀环抱住艾哈迈德，紧紧地搂着，好像在检查艾哈迈德是否真的存在。接着，爸爸热烈地吻着孩子的面颊、额头。“我的儿子！”他反复念叨着。爸爸在笑，也在哭。

艾哈迈德也是，快乐中混杂着悲伤。“爸爸，”他抽泣着说，“我以为我永远失去你了。”

爸爸笑了：“嘘，我的孩子，只是失去一阵子而已。”

艾哈迈德闭上眼睛，把头靠在爸爸肩上。爸爸仿佛说了咒语似的，令艾哈迈德觉得时间在倒流。他的记忆倒回欧洲，倒回那个可怕的夜晚，倒回土耳其和炸弹，倒回外公苗圃里的花朵、嫩芽和泥土上，倒回妈妈轻轻哼歌哄诺里睡觉，倒回贾斯敏笑着玩闹，倒回放学后爸爸亲吻着和自己打招呼。

“别哭了，艾哈迈德。”

此时，艾哈迈德哭得就像一个四岁的小男孩，有一次他擦伤了膝盖，手指被玫瑰枝刺伤，也曾哭这样哭泣。

艾哈迈德解开海马表，想把它还给爸爸，但爸爸再次把它戴到艾哈迈德的手腕上。

“留着它，这是你的。”

古老的诗歌在艾哈迈德的脑海中回响：“为什么你教我爱，又离开我，在我爱上你的时候？”现在，他知道答案了——这样，我就知道我有多爱你了。

马克斯：回家的感觉

马克斯看向窗外，标着“瑞安航空”的飞机升起了舱门。

“那就是我们要坐的飞机。”方丹警官说。

马克斯没有回应。从他们离开拘留中心，在去布达佩斯的两个小时的车程里，以及在机场漫长的排队等待期间，他始终一言不发。方丹警官给了马克斯三明治、可乐、糖果，又询问马克斯关于童子军和学校的事情。即使他是出于好意，想要帮助或安慰马克斯，但在马克斯看来，像是在引导自己忘记艾哈迈德，他因此感到愤怒。

几分钟后，他们登上了飞机。马克斯坐在靠窗的座位上，方丹警官坐在靠过道的位子上。

“你的父母会在沙勒罗瓦等我们。”方丹警官说。

马克斯从飞机上的新闻国际频道上看到，恐怖袭击过后，布鲁塞尔机场仍未开放。他们得先飞到沙勒罗瓦，那儿离布鲁塞尔南部大约一小时车程。

“你怎么这么快就找到我们了？”马克斯问他，“克莱尔可不知道我们要去哪里。”

方丹警官喜出望外，不知道是为自己的工作感到得意，还是为马克斯终于跟他说话而欣喜。“你走了之后，我问女校董要了艾哈迈德的身份证。我一看就知道，只有一个孩子能在公社伪造身份证，所以，我找到了奥斯卡。”

“他告诉你的？”

方丹笑了笑：“他坚持说自己没有伪造身份证，对此事一无所知。当然，他在撒谎。”

知道奥斯卡在保护他们，马克斯感到高兴。方丹警官的语气带着玩笑，马克斯祈祷自己没让他惹上太大的麻烦。

“我们花了些时间，”方丹警官承认，“但波林夫人提到一个女孩，法拉……”

马克斯的身体僵了一下。他没有告诉法拉计划，但她听到了易卜拉欣和艾哈迈德爸爸的对话，很容易就能猜到艾哈迈德会去找他爸爸。

“但她也说她什么都不知道。她爸爸说，他对女儿要求很严格，女儿从不参与这些事。”

马克斯稍稍松了口气，法拉也曾为艾哈迈德辩护。但是他很内疚让她撒谎了，尤其是对她的家人。

方丹警官当然不会轻易相信法拉和她的爸爸，但已经不重要了。“那天下午，我看了奥斯卡在公社电脑上留下的历史搜索记录，发现了住在莫伦贝克的易卜拉欣·马拉基的地址。”

飞机加速了。引擎轰鸣，机舱振动，方丹警官没有再讲下去。马克斯已经能猜到后面的事情了——他找到了易卜拉欣，得知艾哈迈德的爸爸在基什孔豪洛什，于是坐飞机赶了过来。

飞机从地面升起。马克斯一直最喜欢这个时候，飞机似乎要违背地心引力，逃离地球的束缚。现在他满脑子都是艾哈迈德——他从来没有飞越边界和障碍的自由权利，甚至不能离开拘留中心。似乎有只无形的大手把飞机拉上了天空。田地缩成了绿色的小正方形，公路也变成了灰色的线条。艾哈迈德变成了某处某点中一个更加渺小的点。

马克斯想尖叫，但他没有，而是望向方丹警官：“你怎么会觉得艾哈迈德是恐怖分子？”

“你必须承认，他确实违法地藏了起来。”

“但他照料了你爷爷的花园。”马克斯目不转睛地盯着他，“他很喜欢花园，像你一样。”

“但……”方丹警官轻轻地说，“他不可能像我一样爱它。那是我的花园，我小时候就在里面玩耍。我在那儿拥有幸福的回忆——和我的堂兄弟踢足球，举办夏天聚会，我的爷爷用玫瑰搭了一个帐篷，所有邻居都会出席。我的童年是宁静的，但我的父母不是——”

“因为战争。”马克斯打断了他的话。

方丹警官点点头：“你从来没有经历过战争，马克斯，那很可怕。”

马克斯甚至懒得掩饰自己的恼怒：“我知道，艾哈迈德告诉过我！”

但方丹警官没听见似的，继续说道：“1945 年，欧洲毁于一旦，那时我还是个孩子。几十年后，它重生了。即使是曾经敌对的国家之间也开始团结、开始合作。”

“这和艾哈迈德有什么关系？”马克斯打断他。

“难民和移民威胁着这种团结。你知道吗？去年有一百多万多人来到欧洲。马克斯，我们的国家还很年轻，也很脆弱；如果它又被毁了，欧洲可能再次陷入混乱。”

“但混乱和战争正是艾哈迈德所极力躲避的！既然你知道那段历史有多糟糕，就不应该拒绝像他那样的人。你应该有爱心，就像艾伯特·饶纳尔那样！”

“饶纳尔？”

“那条街道以他命名。他在战争中救了一个犹太男孩。你爷爷一定有印象。”

方丹警官看向别处：“艾哈迈德的情况不同。”

“艾哈迈德只是想去上学，”马克斯说，“他会带来什么危险？”

方丹警官晃晃手指：“我想你不明白。艾哈迈德住在比利时就是违法的，你还让他去学校，这也是违法的。法律是很重要的，马克斯！没有法律，社会就不能运转。”

“如果法律出错了呢？”

“如果一个国家的‘心脏’出了问题，你就让这些人都跑来自己的国家，甚至自己的家里吗？如果他们变成了坏人想伤害你，想改变你的生活方式呢？如果他们不值得你牺牲呢？”

马克斯很想告诉方丹警官——当然值得！他想说，以前他总觉得自己一无是处，而艾哈迈德就像一束光，让他看到了自己的价值。最后，他只是说：“如果你不给他们一个机会，又

怎么知道那些人值不值得你这么做呢？”

“啊，你太年轻了。”方丹警官摇了摇头，“振作起来吧，马克斯。艾哈迈德和他爸爸在一起，在他该待的地方。”

是的，现在他和他爸爸在一起。但是，马克斯不认同一点——艾哈迈德该待在学校里，而不是监狱里。

随着“咣当”一声，人们解下安全带，纷纷起身，从行李架上取下行李，马克斯依然出神地盯着窗外伤痕累累的云朵。这不是他计划的结果，他应该和艾哈迈德一起回比利时。

方丹警官关掉了手机的飞行模式，手机立刻响起来。他看向马克斯：“你的父母到了。”

马克斯屏住呼吸，他还没有做好准备。他说谎、偷窃、伪造证明，还逃跑、违反了无数的规则和法律。他想象着父母会怎么做。让他关禁闭直到成年？送他去满是坏孩子的荒野项目，让他靠露水和浆果生存？他苦涩地想着，幸好在童子军学会了几种生存技能。

乘客们挤在过道里往前涌动。方丹警官站起来：“走吧，马克斯。他们在等你。”

没办法，马克斯只能硬着头皮下飞机了。他把背包扛在肩上，跟在方丹警官身后。

航站楼挤满旅客，他们神色紧张，在出发时刻显示屏前或售票处大排着大长队。警察和士兵穿过人群。大家都有些惶恐，担心遇上另一次恐怖袭击，而马克斯脑子里只有父母的样子。他们也许会大喊大叫，训斥他、教导他，或者哭泣，对他失望。他深吸了一口气，跟着方丹警官通过安全门，走出了航站楼。

父母抻长了脖子往安全门张望。马克斯一下子就看到了他们。始料未及的是，爸爸妈妈一看到马克斯，就冲过来抱住了他。马克斯也做了一件自己都想不到的事，他也抱住了爸爸妈妈。

妈妈哭起来，爸爸的肩膀也抽搐起来。马克斯感到吃惊，他从未见过爸爸哭过。

“我没事，”他流着眼泪说，“我回来了。”

爸爸紧紧地抱住他。马克斯能想象艾哈迈德的爸爸也一定会这么做。自从和艾哈迈德分开后，马克斯第一次感到自己没有完全辜负艾哈迈德，至少在自己的帮助下，艾哈迈德和他的爸爸重逢了。

爸爸的肩膀停止了抽搐。马克斯四下看了看，发现方丹警官已经离开了。接着，令他大失所望的是还有一个人没来。

“克莱尔呢？”他问道。

妈妈擦擦眼睛，说：“在家。”

胆小鬼！马克斯想。克莱尔居然不敢面对自己。不过，他也很庆幸她没有来。

妈妈把脸贴在马斯克的脸上。她的眼睛里充满血丝，还带着深深的黑眼圈。马克斯意识到，自己离开后，她可能没睡过觉。

“宝贝儿，你知道我们有多么爱你吗？”

马克斯想说：“我现在知道了。”但他没有说，只是垂着脑袋。“对不起。但我必须帮助艾哈迈德。”

“你惹了大麻烦，马克斯！你辜负了我们的信任，还有其他人的信任。”爸爸说。

“我知道。”马克斯喃喃地说，辩解毫无意义。

“但我们为你感到骄傲！”

“是吗？”马克斯瞪大了眼睛，难以置信地看着爸爸。

“你做了大多数人做不到的事，你为了他人让自己涉险。”

马克斯在爸爸的赞扬中两颊通红。

“你不生气吗？”

爸爸哼了一声：“我可没说。接下来一年，你得关禁闭。如果你再做这样的事，我和你妈妈就会……”

“杀了我？”马克斯问。

“把你所有的电子设备交给克莱尔。”妈妈说。

马克斯夸张地呻吟了一下：“啊！还不如杀了我呢！”

爸爸咧嘴一笑：“世界需要像你这样的孩子。”

艾哈迈德：心中有光的孩子

头两天，艾哈迈德几乎忘记了自己身处何地，只记得一件事——爸爸和他在一起。他们完全无视周遭的警卫、墙壁和电线，要说的话、要讲的故事实在太多了。每天晚上，艾哈迈德就离开自己的床铺，和爸爸睡在一起。爸爸张开双臂拥抱着他。

“我已经有两回为你等上九个月了，”爸爸轻轻地说，“第一次是等你出生，第二次是等你找到我。每次你都让我骄傲而欣喜。”他用粗糙的手抹去艾哈迈德的眼泪，“别哭，我的孩子。”

“我还想再见到他们。”艾哈迈德说。

不必说，爸爸也知道“他们”指的是谁。爸爸把他得抱紧了。

“只要心中的希望之光不灭，生活就能继续。”爸爸说。

第三天，牙医核实了艾哈迈德的年龄后，一名管理员把他们送到了家庭营。渐渐地，艾哈迈德开始关注起周边的一切。被扣留的其他家庭来自叙利亚、厄立特里亚、科索沃、尼日利亚、巴基斯坦、索马里等多个国家。艾哈迈德几乎无法与他们沟通，也弄不明白他们为什么被关押。每天，他们在室内体育馆祷告，在自助餐厅吃上两顿热饭。早餐和午餐通常是米饭、土豆、面包、少量水果或蔬菜。警卫们在傍晚时分发一顿冷食晚餐，通常是罐装鱼和饼干。晚上，所有人都被锁在房间里。如果有人从肮脏的户外厕所回来太慢，就会遭到警卫的呼喝。

但警卫不是最可怕的，真正恐怖的是没事可干。在这里，唯一的小型电视要供两百人观看，若有人想换台，就会发生争吵打斗。仅有的两张乒乓球桌总是被别人占着。警卫一直没有把背包里的东西还给艾哈迈德，存在脑海里的故事都讲完了。唯一能找到的书，还是用匈牙利文写的。他们每天都被送到外面封闭的砾石庭院里待上一个小时。那里有个供儿童玩耍的操场，还有一张长凳和少许健身器械。没有足球，只有一个预防雨天的雨棚。他们把衣服放进塑料桶里清洗，再晾在房间窗户外面的栅栏上。这儿没有洗衣机。女人每天都在抱怨头痛；男人抽上几小时的烟；幼童紧贴着妈妈，暴躁的喊声伴随着呜咽；

老人因看了太久电视而目光呆滞……

“别担心，”爸爸抚慰道，“他们很快就会让我们出去的，你得有信心！”

“我有信心，爸爸。”艾哈迈德说。

这儿没有电话，一个青年慈善机构的卡车每天提供八小时的网络信号，但排队的人太多了，好不容易轮到艾哈迈德，也发不了几个字。他的睡眠断断续续的，即使爸爸在身边，他也常常会惊醒。他努力保持乐观，他在给马克斯的信息中写道：

> 我没有多少时间用网络，只想告诉你，一切都好。我和爸爸在一起很幸福。我们有很多时间休息和聊天，我还教了他一些法语单词！
>
> 你的朋友 艾哈迈德／纳比尔·法瓦兹

马克斯：回到幸福学校

4月11日，周一。

早晨，马克斯和爸爸妈妈挥手告别，然后冲进了幸福学校门口的孩子们当中。经过漫长的两个半星期，他再次回到了校园。复活节假期过后，树木都生出了崭新的枝叶，鸟儿开始哼唱起歌曲。马克斯甚至觉得，天空都蓝得不可思议。这一天是如此近乎完美，要不是……

“马克斯！”

一个足球向他飞来，他及时躲开了。奥斯卡朝他冲了过来。

马克斯拍拍奥斯卡的肩膀，说：“我很想你！”

“我想的是艾哈迈德，他被困住了。不过至少他找到了他爸爸。你知道我一直都有个疯狂的幻想……”

“关于你爸爸吗？”

“也许他生活在别的某个地方。”奥斯卡的声音很轻，马克斯几乎听不见。

“这不疯狂，”马克斯说，“这只能说明你想念他。”

奥斯卡什么也没说，默默地点点头：“和伯特兰女士沟通得怎么样？”

马克斯和父母返回布鲁塞尔的第二天，就去见了这位女校董。“没事，她说她本该开除我的，我几乎违反了所有的校规，但我并没有真正打破校规的精神，所以她让我留下来了。我父母什么也听不懂，只知道她让我留下来。”

“你真幸运。我妈妈知道了一切，我得关掉所有的电子设备，直到——”

马克斯笑了笑：“下个星期？”

奥斯卡眯起眼睛调皮地笑：“大概吧。”

“至少法拉没惹上麻烦。”

“至少能上学吧……”

马克斯看着他：“方丹警官说她爸爸不相信她！”

奥斯卡哼了一声：“他多多少少也猜得到。”

“我们发过短信，但她没回我。”

奥斯卡耸耸肩，推了一下马克斯的脑袋：“抬头。”

马克斯转过身，看见法拉骑着车朝他们过来。

法拉眼镜后的大眼睛盯着他，目光如炬：“艾哈迈德怎么样？”她似乎并不生气。

马克斯仍想表达歉意：“对不起！给你和你爸爸添麻烦了！”

法拉皱起眉头，“你没有给我惹麻烦。”

“是克莱尔干的！”奥斯卡补充道。

“我一直没跟她说话，”马克斯说，“这也是我的错，是我说服了你。”

法拉使劲地摆手：“是我自愿的，你明白吗？我不在乎！有些人值得我这么干！”

马克斯真想抱住她，但他知道奥斯卡肯定会添油加醋乱说一通，所以他只是微笑着说：“谢谢你，法拉！”

“艾哈迈德怎么样？”

“我想，他应该没事。”

艾哈迈德的信息中完全没有透露那边的生活。马克斯知道这是为了安抚自己。因此，他也给了艾哈迈德乐观的回应：

空余时间里，我和爸爸常常一起在花园里干活。我一直在照顾兰花（别担心，我不会让妈妈靠近它们的）。兰花已经长出了更多的花蕾，全都含苞待放，也许在你回来的时候就能开啦。

“雷卡那边有消息吗？”法拉问。

马克斯说：“她说，他们只能拘留有孩子的家庭三十天！”

“然后呢？”

“我不知道，”马克斯实话实说，“但至少他们不会被监禁了。”

铃声响了，孩子们抓起背包朝教室走，只有奥斯卡没动。

“那么，我们的‘新犯罪计划’是什么？”

他们都在看着马克斯，等着他给出一个主意。此时此刻，马克斯很想立马就想出一个不会令他们失望的疯狂点子，但现在不行。就像兰花需要时间和耐心一样，他们得给大人机会去帮助艾哈迈德。“我们先等等吧。”他说。

奥斯卡皱着眉头，但没有抗议。

“这不是放弃。”马克斯信誓旦旦地说，“我不会放弃的！”

不过，艾哈迈德不在了，这件事令人很难接受。那天早晨，马克斯发现罗格朗夫人在教室墙上挂了一幅新的画，画的是他家的后花园，画的一角署着艾哈迈德的名字。花园里姹紫嫣红——玫瑰、连翘、鸢尾、杜鹃花，以及一些不知道名字的花。马克斯觉得，画里的花园和艾哈迈德住在酒窖时的样子完全不同，但他相信经过细心照料，花园会变成这样的。罗格朗夫人在画旁边挂了一幅世界地图，在巨大、广阔的地球映衬下，花园中平静而微小的世界令马克斯无比思念艾哈迈德。

一个影子掠过。马克斯抬头一看，原来是罗格朗夫人。他本以为她要告诉自己专心学习，她却紧紧地搂住了自己的肩膀，好像什么都懂。

艾哈迈德：至少我们在一起

已经是第二十九天了，一个管理者传唤艾哈迈德和他的爸爸到了办公室，雷卡拿着一个厚厚的文件夹等待着他们。

“雷卡小姐，很高兴见到你！”他的爸爸用英语问候道。

雷卡的眉头因愤怒而皱起：“这几个星期，我一直想来看你！我真的很抱歉，让你们等了这么长时间……”

艾哈迈德插话道:“马克斯写信告诉我,他们会马上释放我们。”

雷卡叹了口气：“他说得没错。但是，接下来他们会把你带回希腊。除了土耳其，目前没有其他合法的途径能把你们带到比利时或德国。”

艾哈迈德想象着乘坐一艘拥挤的渡船返回希腊，他瘫倒在椅子上。

“意思是说，我们必须先返回土耳其，才有机会回到欧洲，是吗？”爸爸问道。

“现在希腊营地的情况非常糟糕，如果你愿意在希腊待一段时间，我在那儿的联络人会看看他们能帮什么忙。”

“谢谢你！”爸爸说。他握了握艾哈迈德的手，好像这是个好消息。

但艾哈迈德没被糊弄住，这是一个坏选择，他们曾经经历过一次。他抬头看了看雷卡："这个消息，你告诉马克斯了吗？"

雷卡点头："他还在尝试找出让你回比利时的办法。"

艾哈迈德笑了："这很像他会做的事。"

马克斯可能想着艾伯特·饶纳尔，试图找出可以借鉴的经验。但饶纳尔的故事并没有一个圆满的结局。他死在离比利时很远的地方，七十年后，他的故事基本都被遗忘了。值得吗？他救了一个男孩，一个生命！但谁知道拉尔夫之后究竟发生了什么事、活了多久、生活是否美满？艾哈迈德感到沮丧。他再次向雷卡致谢，跟着爸爸和管理员回到了房间。

"别担心，"爸爸说，"至少我们在一起！"

艾哈迈德勉强地笑了一下。自己这个故事的结局能好到什么程度呢？父子团聚？但似乎还不够，因为他们的命运还是没有改变。一个故事不能改变世界，就像一个人不能……

艾哈迈德突然屏住了呼吸，似乎想到了什么。他挣脱了爸爸，跑向互联网部。

"你去干什么？"爸爸喊道。

"我要给马克斯发消息！"

马克斯：两个英雄故事

马克斯收到艾哈迈德的信息时，正坐在厨房里享用他的课后零食——香肠和面包。

“马克斯，准备听写吗？”波林夫人在餐厅喊。

马克斯的目光越过她，转到了客厅窗台上盛开的白色兰花上。这些花使他想起了艾哈迈德，以及艾哈迈德教给他的韧性。

“我自己来。”

波林夫人没说什么。自从马克斯回来，他和波林夫人之间就形成了一种默契——波林夫人不在他面前谈论艾哈迈德，也不再围着他转，尽管还是看得很紧（可能是他父母的要求）。现在的马克斯对学习很上心。

马克斯回到自己的房间，躺在床上，打开艾哈迈德的留言。内容不长，但和其他信息完全不同。马克斯一读完，就跑到桌前打开笔记本电脑，上网搜索着。接着，他新建了一个文档，开始打起字来。时间一分一秒过去，马克斯浑然不觉。他写写删删，不断斟酌着每个单词。直到听到敲门声时，他才看了眼手机，已经过了五点半了。

“请进？”他停下打字的手说道。

克莱尔推开了门。

马克斯转过身，顺便关上了笔记本电脑，这样她就无法偷窥了。

“你有事吗？”他甚至没有看克莱尔一眼。

“听着，我们不能再这样下去了。”

“我能，你背叛了我！”

“你能转过身来吗，马克斯？能看我一会儿吗？”

马克斯看着她，转过身来。“就一会儿。”他说。他知道自己很孩子气，但他并不在乎。

“对不起，马克斯！这样可以吗？我只是想保护你，让我们的家人安全。”

“怎么保护？”

“我不知道。”她的声音听起来很干巴巴的，好像快哭了。

马克斯向后瞥了一眼。

她眼睛充血，似乎没有睡好。“我只是……害怕。这些疯狂的事情……我根本无法控制，我很怕失去爸爸妈妈，还有你。”

马克斯挪开眼睛，就像克莱尔以前那样：“说得好像你关心我一样！”

“你走的时候……所有人都吓坏了——”

“我得帮助艾哈迈德！”

她好像没听见一样：“我一直在担心你，你是我的亲弟弟！”

马克斯哽咽了，但他不会如此轻易地原谅她。人们总是以保护家庭的名义做一些非常可怕的事情，那个出卖艾伯特·饶纳尔的邻居可能也以为帮助纳粹就能保护家人呢！

“其实你不必害怕艾哈迈德。”

“我错了，行吗？”她转身离开，拉开门就准备出去。

马克斯看着她，突然想起她以前从未向他道过歉。他不得不承认，她很努力在寻求原谅。“等等。”他说。

克莱尔飞快地转过身。

“我需要你的帮助。”马克斯说。

“什么帮助？”她急切地问道。

“你帮我看看这封信，说说我写得怎么样。”他挥手示意她过来，轻轻地把她推到椅子上，“看吧。”

这是马克斯讲过的最好的故事。但他姐姐神色严肃，一动不动，只有翻页时，蓝色的眼睛闪烁了一下。马克斯尽量不去看她。他来回踱步，仿佛过了一个世纪，克莱尔终于转过身来。

“很糟糕，是吗？”他问，“所以我才问你……这是你的强项……”

“马克斯。”

“你可以不帮忙……我的意思是，也许我应该以艾哈迈德、艾伯特·饶纳尔和拉尔夫作为开头，他们是灵感的来源和故事的组成，他们是强大的组合……”

“马克斯！”

马克斯知道否定的声音要来了。他会求助于克莱尔，是因为在过去九个月里，他学到了新的东西——没有人能孤身成为英雄。要是没有法拉、奥斯卡和雷卡，他根本无法帮艾哈迈德找到他爸爸。某种程度上，他甚至应该感激波林夫人告诉他艾伯特·饶纳尔的故事，还有方丹警官让艾哈迈德逃脱了。但真正的英雄是艾哈迈德，他想到了可以给犹太人援助组织写信寻求帮助。现在，马克斯需要克莱尔帮他完成这件事。

但是，克莱尔没有否定他的故事，而是大声地朗读了第一句话：“我要跟您说的是两个人的故事，艾哈迈德·纳赛尔和艾伯特·饶纳尔，他们的故事改变了我的生活。”

在信中，马克斯介绍了波林夫人如何告诉他饶纳尔的事迹，之后，他叙述了在网上搜索到的相关报道和档案。饶纳尔在狱中还帮助过同伴。在给妻子的最后一封信中，他写道：“我会做好我的工作，直到最后一刻。”战争结束后，饶纳尔的家人甚至和背叛他们的邻居（马克斯没有提及姓名，但肯定不是方丹警官家）住在一起。拉尔夫也住在布鲁塞尔，结了婚，没有孩子。1985 年，饶纳尔的夫人去世了。后来，在饶纳尔生日那天，拉尔夫送去了花。1998 年，七十四岁的拉尔夫去世。饶纳尔一家收到一张卡片："对所有怀着善心帮助我的人，我永远感谢，也永远地再见了。"接着，马克斯写了艾哈迈德的故事，讲述了一个住在酒窖里的男孩的事迹，他拯救了兰花，他只想去上学。

我尝试改善艾哈迈德的处境，实际上是他改变了我的生活。我说了"谢谢"，但我们谁也不准备说"再见"。

马克斯脸颊发烫："是不是写得太多了？"

克莱尔推开椅子站了起来，认真地看向他："不，马克斯。写得很完美！"

艾哈迈德：新的希望

三十天变成了四十天，转眼已经是第五十天了。许多家庭离开了。时间从 4 月进入 5 月，还是没有人来接艾哈迈德和他的爸爸。

"雷卡说我们的文书工作延迟了，"爸爸和雷卡简短地交谈后，告诉艾哈迈德，“但也许这里比希腊好。”

艾哈迈德只能这么想了，他已经失去了信心。那个犹太人组织真的会愿意帮助一个叙利亚男孩吗？也许他们会生气，因为这个男孩居然把自己和拉尔夫做比较！他给马克斯发信息说：“没用的。”

“耐心点儿。”马克斯回信了，但并没有安慰到艾哈迈德。

院子里唯一的树舒展着叶片，在地上落下大片的阴影。一天外出一小时已经不能满足艾哈迈德了，他羡慕那些飞过栅栏的鸟儿，羡慕挂在栅栏窗户外面的在风中飘来飘去的衣服。他还学了几句匈牙利语。一天下午，一个警卫给他带来了足球。那个警卫对艾哈迈德的努力很是赞赏。艾哈迈德用尽力量向球踢去。球却被栅栏卡住了。警卫把它拿走，交给了一些年幼的孩子。后来，艾哈迈德通常只是坐在树下，幻想着自己回到幸福学校的生活——花园的墙壁，罗格朗夫人称赞他的听写作业，他和奥斯卡、马克斯一起踢足球。

月末的一个清晨，他倚着树干再次陷入这些遐想时，听到爸爸喊他。

“艾哈迈德，起来，起来！有消息了！”

艾哈迈德跳起来。院子里，爸爸向他跑来，手里挥着一张纸。

“这是什么？”

“我们的请愿书获得批准了！我们要走了！”

“去希腊？”

“不，我的孩子！”爸爸搂着他，吻了一下，“去美国！”

“但……怎么可能？”

爸爸用颤抖的手把那张纸拿给他。那封信是一个希伯来移民援助协会寄来的。

“雷卡以前告诉我，他们听说了你的故事，在尝试帮助我们。所以在事情确定下来之前，我没有告诉你。”

艾哈迈德靠在树干上。爸爸眼里噙着泪水，艾哈迈德却在为其他的原因哭泣。他回不去比利时了。幸福学校一去不复返了。他再也不会是那里的学生了。然后他突然想起——再过几个月，马克斯就要回美国了。

“去美国哪里？”

爸爸指着信的最后一段：“夏洛茨维尔，维吉尼亚。华盛顿以南的一个小镇，距离华盛顿大约三小时的车程。”

“马克斯家就在华盛顿！”

艾哈迈德深吸了一口气，把悲伤的眼泪憋了回去。巨大的挑战等着他。但是，爸爸和马克斯都在他身边。

“爸爸，我又感觉到了。”

“感觉到了什么，我的孩子？”

艾哈迈德拍拍爸爸的肩膀，就像在那个没有月光的海上夜晚，他的爸爸拍他那样。

“希望之光。”

「对话作者凯瑟琳·马什」

时间：2017 年 9 月

地点：比利时布鲁塞尔

1. 这本书讲述了艾哈迈德和马克斯这两个男孩身处异国他乡发现自我的故事。你的灵感从何而来？

2015 年 7 月，我从华盛顿特区搬到了比利时的布鲁塞尔。我的丈夫是个新闻记者，所以我能接触到欧洲安全相关的消息。我们搬到了一个有着围墙花园的美丽老别墅，它就在——你猜对了！艾伯特·饶纳尔大道上。街道尽头有个牌子简短地介绍了饶纳尔的一生。他在“二战”德军占领期间，把一个犹太少年藏在家里，这一英雄举动让他付出了生命的代价。当我发现新家有个酒窖时，不禁想到了这个故事，又觉得酒窖是藏人的好地方。

2. 你的出国经历，对你的创作有什么帮助吗？

我将这个故事与我住的街区、我的家，以及我孩子的学校在虚构世界紧密相连。刚开始，我的孩子们只会说几句法语，他们是班里仅有的以英语为母语的学生。和马克斯一样，我的儿子必须每天与钢笔作战，参加每周的听写。同时，我要用高中时候的一点儿法语基础，来弄清楚谜一般的学校通知和公社通知。作为一个外国人，这样的生活每天都很辛苦，压力也很大。这段经历令我不仅对我的三个移民祖父母颇感同情，也为当年抵达欧洲的数百万难民的辛酸处境而悲痛。

3. 发生比利时难民危机时，你怎么样？那段经历对你写这本书有什么样的帮助？

在布鲁塞尔，难民危机最显著的标志是马克西米利安公园。像大多数人一样，我对那些睡在城市中心的帐篷里的人深感惭愧。最脆弱的难民是未成年的孤儿。很多孩子都不满十八岁，大多像艾哈迈德那样。由于战争或暴力，孩子们饱经创伤，失去了接受教育的权利。2015 年，在比利时申请庇护的 2650 人中，有 15% 的人年龄在十四岁以下。

但也有励志的故事。如马克西米利安公园完全由志愿者管理，其中包括我的一些邻居和朋友，他们无私奉献，不带任何偏见。艾伯特·饶纳尔精神仍在流传。但在对这本书的构思清晰起来后，我意识到这很危险。在欧洲，并不是所有人都愿意接受难民。恐怖袭击事件在巴黎、布鲁塞尔、尼斯等城市频发，人们更加慎重了。

4. 你为什么把这些时事写进《追光的孩子》里？

我觉得描述人们的恐惧是很重要的。布鲁塞尔遭遇袭击期间，我像马克斯的妈妈一样，跑到我孩子的学校去接他们。在接下来的几周里，我想了很多可能会发生在我和我爱的人身上的事，那些事令我恐惧。人们很容易歪曲认知和事实。我决定把那场斗争写进书里，并试着诚实地去讲述。有人像波林夫人那样因恐惧而拒绝面对现实，也有人像马克斯那样勇敢地面对，去选择相信。

5. 你有很多经验来刻画马克斯的形象。你又是怎么想出艾哈迈德的故事的？

在想象艾哈迈德如何生活的过程中，我得到了来自阿勒颇的朋友的帮助，他们慷慨地分享了关于阿勒颇的回忆，以及作为难民的记忆，还回答了我无尽的问题。同时，我幸运地生活在一个伟大的新闻时代，从新闻报道、博客和非政府机构的报告中获得了详细信息。我采访了记者、救援人员、难民权利支持者、布鲁塞尔的一些社区成员，以及一名孤身的未成年人。每个人的经历都独一无二，但我想要找到他们情感的共通之处。

6. 当马克斯对饶纳尔和拉尔夫的故事了解更多以后，他认为在“二战”时犹太人的处境和今天的叙利亚难民有着明显的相似之处。你希望读者能从这本书中得到什么？

我在创造这部小说时，最珍贵的经历是见到了艾伯特·饶纳尔的孙女——本迪尼克。几年前，她听说了“国际正义人士”这个项目，这是给在大屠杀期间冒险帮助过犹太人的非犹太裔设计的特别荣誉。她立刻想到了她的祖父。为了获得入选资格，她必须提供证据。因此，她成了她家的非官方历史学家，收集了饶纳尔和他妻子西蒙娜·德普昔日的信件，访问了幸存的家族成员，甚至起诉了出卖饶纳尔的邻居，还掌握了拉尔夫的一手证据。在她的努力下，2013 年，饶纳尔和西蒙娜被授予了“国际正义人士”的称号，他们的名字出现在了耶路撒冷正义花园的墙上。

当然，本迪尼克不可能把故事的每一处细节都告诉我。但小说中的大部分细节，包括拉尔夫的屋顶逃生，都是真实的。

值得一提的是，本迪尼克的爸爸皮埃尔，也就是拉尔夫的同班同学，自从饶纳尔被逮捕后，他一直坚持着抗议工作。创作本书时，他还活着。本迪拉克不愿透露背叛者的姓名，尽管我已从一些法律文件中得知，但由于这是她家的真实故事，我也不便透露。艾伯特·饶纳尔的故事与背叛和愤怒无关。我希望读者能够领悟的是——正义和善良是无价的，尤其是对那些家人以外的“他人”而言。